轻经典 Light 轻阅读

Song Ci San Bai Shou

宋词三百首

[清]朱孝臧（编选）
徐 玲（编）

中国出版集团
现代出版社

目录 CONTENT

一

阅读引擎

本书阅读指南

《宋词三百首》疏密兼收，情辞并重，精选经典、最具影响力的两宋词编纂而成，刚一问世就受到当时词学家们的一致好评。

《宋词三百首》内容丰富、分类详细、体例严谨，而且通俗易懂，是广大读者了解宋词、品读宋词的最佳选择。

《宋词三百首》根据作者进行分类，按照时间顺序细致划分，方便读者查找阅读。

本书综合各版本信息，选用最权威的版本进行精选，由当代著名词学家唐圭璋作笺注。

清代词学家众多，词学研究蔚为大观。本书参考了不同时代不同名家的注释、校勘等，权威解析，详加注释，便于读者释疑解惑。

周邦彦

周邦彦（1056年—1121年），字美成，号清真居士，钱塘（今浙江省杭州市）人。元丰七年（1084年）献《汴都赋》，擢为试太学正；元祐四年（1089年）出为庐州（今安徽合肥）教授。宣和二年（1120年）移知处州（今浙江丽水），值方腊起义，道梗不赴。未几罢官，提举南京鸿庆宫，辗转避居于钱塘、扬州、睦州（今浙江建德）。卒年六十六。写词严分平仄四声、五音六律、清浊轻重，故音律谐婉，堪称格律词派之开山。词风富艳而高雅，沉着而拗怒。被清代词学家奉为格律诗词宗。有词集《清真集》，又名《片玉集》。

瑞龙吟

章台①路。还见褪粉梅梢，试花桃树。愔愔②坊陌人家，定巢燕子，归来旧处。

黯凝伫。因念个人③痴小，乍窥门户。侵晨浅约宫黄④，障风映袖，盈盈笑语。

前度刘郎重到⑤，访邻寻里，同时歌舞。惟有旧家秋娘⑥，声价如故。吟笺赋笔，犹记燕台句⑦。知谁伴，名园露饮，东城闲步。事与孤鸿去。探春尽是，伤离意绪。官柳低金缕。归骑晚、纤纤池塘飞雨。断肠院落，一帘风絮。

〔字词解释〕

①章台：泛指妓院聚集之地。②愔（yīn）愔：安静貌。③个人：伊人。④浅约宫黄：淡着脂粉。⑤前度刘郎重到：据《幽明录》载：东汉人刘晨、阮肇入天台山采药逢仙女，居留半年后归来，而尘世已历七代。后又重入天台山，仙女已杳不可寻。⑥秋娘：唐金陵歌妓杜秋娘。此处代指歌妓。⑦犹记燕台句：语本李商隐《梓州罢吟寄同舍》："长吟远下燕台去，惟有衣香染未销。"

所选宋词内容丰富，体裁完备，语言风格多样，情感真实而丰沛，让人的灵魂得以净化。

《宋词三百首》是我国近代流传最广的宋词选集，而且语言凝练、分类清晰，是最理想的宋词普及选集读本。

译文

我又来到了章台路，恰好又看到了冬日的梅花凋谢树梢孤寂独立，春天的桃花开始开放。路上街坊人家还未起来。在这里驻窝的燕子，又到返还的时间了。

一个人凝神伫立，我情不自禁地想起当年的情景。那个娇柔的小女孩子，刚才还在倚着门户向外偷看。她的妆化得很浅，天生丽质。彩袖半遮，轻掩面容，阵阵欢声笑语，非常讨人喜爱。

前度遇到神仙的刘郎重到这里，访问故里寻找旧时相识，只有旧家的秋娘声价不变。吟唱词曲，赋写诗篇，有人还能记住往日的燕台诗句。可惜现在一人孤身，没人把我陪伴，到名园去开怀畅饮，到东城去闲散地游览一番。曾经旧情，恐怕只能随着孤鸿远远地飞去。此次看访春天，不曾想，得到的尽是满面的烟絮，和离情别绪。大道边的柳树低垂着，没想到回来晚了，池塘上已经下起了小雨。总是忘不了那伤心之地，帘子外都是随风起落的柳絮。

精品赏析

这首词是作者的代表作，也一向被认为是周词的压卷之作。绍圣四年（1097年）春，周邦彦出任外官期满后，召回京师，旧地重游，往事如昔，思念并寻找当年恋过的一个歌妓，此时人非物是，由此引发了无限的感触。这首词融抒情、写景、怀人、叙事为一体，层层脱换，回环婉转。从词意主旨上来说，“不过桃花人面，旧曲翻新耳”，但是在格律、用典等方面却技高一筹，历来为人所称道，这首词分三叠，首叠“章台路”写今日的所见所感，愁思无限，怅惘不已；次叠“黯凝伫”写昔日，追忆曾经情意，情致绵绵；三叠“前度刘郎重到”写今昔对比，情感激荡，将全词的意旨推到巅峰。这首词结构清晰，层层递进，丝丝入扣。“断肠”二句为临别最后一瞥，词人心生感慨，永远难忘那座令人伤心断肠之地，满眼柳絮飘飞，正是印证着词人缭乱的离愁别思。全词景起景收，中间今昔交错，虚实相映。将写景、叙事、怀人、抒情融成一体，给人以时光交错，情景交错之感，而词人内心的失落空虚也让人感慨无限。

将深情而温婉的宋词进行到位的翻译，语言通俗而富有意蕴，便于读者读懂其中意境。

解析凝练而精致，多角度评析宋词的灵魂和精神实质，读者可从名家点评中品读时代气息，共同体会词人内心世界的悲喜辛酸。

本书开本新颖，版式大方，内容丰富而风格多样，形式新颖而活泼，展示了本书与其他同类图书迥然不同的风格。

本书文学地位与历史影响

疆村先生尝选《宋词三百首》，为小阮逸馨诵习之资。

——清季词学四大家之一况周颐

疆村所尚在周、吴二家，故清真录二十二首，君特录二十五首，其义可思也。

——近世戏曲理论家和教育家，诗词曲作家吴梅

3

伦次谨严，昭示正轨。

——《花间集评注自序》

4

彊村先生之《宋词三百首》……疏密兼收，情辞并重，其目的固一以度人为本，而兼崇体制；然不偏不颇，信能舍浙常二派之所短，而取其所长，更从而恢张之，为学词者之正鹄矣。

——词学家、朱孝臧私淑弟子
龙榆生

5

彊村先生兹选，量既较多，而内容主旨以浑成为归，亦较精辟。

——中国当代词学大师、文史学家、词人唐圭璋

本书历史背景图解

公元900

公元907 朱温称帝，建立后梁。唐朝亡，五代时期开始

公元916 契丹耶律阿保机称帝

公元923 李存勖灭后梁，建立后唐

公元936 石敬瑭借契丹兵灭后唐，建立后晋，割让燕云十六州给契丹

公元946 契丹灭后晋

公元947 契丹改国号为辽。刘知远称帝，建立后汉

公元951 郭威称帝，建立后周，后汉亡

公元959 周世宗死

公元960 赵匡胤称帝，建立北宋，后周亡。五代结束

公元986 北宋征辽失败，杨业战死

公元993 王小波、李顺起义

公元1000

公元1004 寇准保宋真宗亲征，宋辽澶渊之盟

公元1038 党项族元昊称帝，建立西夏

公元1043 范仲淹实行新政

公元1057 苏轼与弟弟苏辙同登进士

蒙古灭金

公元 1234

诗人陆游去世

公元 1210

- 公元 1100
- 公元 1200
- 公元 1300

公元 1084 司马光完成《资治通鉴》

公元 1100 宋徽宗即位

公元 1115 女真族完颜阿骨打称帝，建立金朝

方腊起义 **公元 1120**

公元 1125 金灭辽

金兵攻入东京，北宋亡。宋高宗即位，南宋开始 **公元 1127**

公元 1130 钟相起义。韩世忠在黄天荡阻击金军

郾城之战，岳飞大破金军 **公元 1140**

公元 1141 宋金绍兴和议。次年，岳飞被杀害

采石之战，虞允文大败金军 **公元 1161**

公元 1162 辛弃疾到建康

公元 1206 韩侂胄北伐失败。铁木真统一蒙古，称成吉思汗

公元 1271 忽必烈称帝，定国号为元

公元 1276 元军攻占临安

公元 1279 元军攻占崖山，南宋亡

本书作者生平图解

1850

1857 生于湖州埭溪上彊村

1860 随家人迁居萧县

1864 将名字改为祖谋

1875 出任上元县教谕

1883 进士，榜登二甲一名进士

1896 到京任职会典馆，并应邀加入了王鹏运的词社

朱孝臧（1857年—1931年），晚清四大词家之一，浙江归安（今吴兴县）人。光绪九年进士，历官编修、侍讲学士、礼部侍郎。光绪三十年出为广东学政，1931年卒于上海。著有词集《彊村语业》，收入《彊村遗书》中。

1901 被提升为礼部侍郎，不久便兼任吏部侍郎

1904 在任广东学政期间游览香港。作词《夜飞鹊·香港秋眺怀公度》

1908 初居上海，与郑公往来密切，重校《梦窗词》

1914 再次来到北京，袁世凯想要招揽他聘为高等顾问，被他笑而婉拒

1919 清明时节游龙华寺

1924 《宋词三百首》初刻付印

1930 客居吴门，和一干老友出游唱词，并回乡暂住

1931 卒于上海，享年七十五岁

1950

本书人物图解

宋词三百首

晏殊（991年—1055年）：北宋初太平贤相，作词文雅清丽，奖掖后进，有《珠玉词》三卷。

辛弃疾（1140年—1207年）：字幼安，号稼轩，山东济南人。早年参加抗金义军，后来率部南归。对南宋统治者苟安东南十分不满，成为南宋杰出的爱国词人。

欧阳修（1007年—1072年）：北宋文坛领袖，“唐宋八大家”之一，词集有《六一词》《近体乐府》等。

周邦彦（1056年—1121年）：为后来格律派词人所宗。旧时词论称他为“词家之冠”。有《清真居士集》。

姜夔（1155年—1221年）：南宋词人。字尧章，号白石道人，饶州鄱阳（今江西省鄱阳）人。他一生未入仕途。主要作品有：《扬州慢》、《暗香》、《疏影》等。

苏轼（1037年—1101年）：北宋又一位文坛领袖，诗、词、书法等俱成一家，是宋词的一代宗师。

李清照（1084年—1155年）：济南章丘人，号易安居士。宋代女词人，婉约词派代表，有“千古第一才女”之称。

注：此图谱为本书主要人物。

本书地标物语

❶

六朝古都——南京

中国四大古都之一，有“六朝古都”“十朝都会”之称。南京位于长江下游，掌控长江河运枢纽，连接南北交通，是国家重要门户城市，人杰地灵，物华天宝。南京襟江带河，依山傍水，地势险峻，古来就有人称南京有“王气”。山川秀美，古迹众多。

南宋都城——临安

❷

临安就是现代的杭州。宋室南迁，于1138年在杭州暂定为临时首都，改称临安。南宋时期临安经济繁荣，城内手工作坊林立，商业发达，丝织业的织造技艺精良，在国内外享有盛名。

3

人间天堂——西湖

杭州西湖位于浙江省杭州市的西方，它以其秀丽的湖光山色和众多的名胜古迹而闻名中外，被誉为“天下第一湖”，是中国著名的旅游胜地。宋诗人苏轼在他的名篇《饮湖上初晴后雨》诗中将西湖比喻成春秋时期的美女西施：“欲把西湖比西子，淡妆浓抹总相宜。”千古名句一经传世，让西湖的美名流传更广。

4

北宋都城——汴梁

汴梁就是现在的开封。位于河南省东部，汴梁地处豫东大平原的中心位置，是我国七大古都之一，悠久的历史，具有浓厚的文化积淀， 名胜古迹遍布各市县，民俗文化浓厚，古都的风韵和魅力让游人折服。

5

古都之首——长安

中国四大古都之首，同时也是与雅典、罗马和开罗齐名的世界四大文明古都之一。自从丝绸之路开通后，长安成为东方文明的中心。史称“西有罗马，东有长安”。

人生怎样走向宽广?

二

阅读辅导

宋词是继唐诗后的又一种文学体裁，它兼有文学与音乐两方面的特点。每首词都相应地配着一个调名，叫做“词牌名”，依调填词叫“依声”。词还有别名叫做“长短句”。词可以陶冶人们的情操，带给人们非常高的艺术享受。宋词也是继唐诗之后我国文学领域的另一座艺术高峰，从唐末到宋末，几百年间的宋词艺术不断发展，形成自己的独特艺术风格，而且名家辈出，艺术成就突出，成为可以和唐诗媲美的文学艺术明珠。

作者介绍

朱孝臧（1857 年—1931 年），晚清四大词家之一，一名祖谋，字古微、藿生，号沤尹、彊村，浙江归安（今吴兴县）人。光绪九年进士，历官编修、侍讲学士、礼部侍郎。光绪三十年出为广东学政，1931 年卒于上海。著有词集《彊村语业》，收入《彊村遗书》中。

朱氏中年才开始治词，但是成绩卓著，后来被评为晚清四大词家之一。他一开始致力于研究梦窗词，属于常州学派，而后他自己的创作在后期也加入了苏轼的清雄在内。朱祖谋一生对梦窗词和东坡词独具青眼，四校梦窗词，编年东坡词，都能看出他的治词倾向。卢冀野《望江南·饮虹·论清词百家百三十四集》评其词云：“老去苏、吴合一手，词兼重大妙于言。”

作品简介

《宋词三百首》是最流行的宋词选本，共收宋代词人八十八家，词三百首，是最具代表性的选本。《宋词三百首》在后世词学界广受好评，是一部既能体现其词学倾向又在词学普及方面产生重要影响的宋词选本，而后唐圭璋先生为之笺注，流传甚广。《宋词三百首》从宋徽宗开始，总共 88 人作品入选，而周邦彦、吴文英的作品选入最多，朱氏以浑成典雅为宗旨，兼收各派之名篇，摒弃浮艳之词，不持门户之见，颇有见地。

朱孝臧在编选《宋词三百首》的时候，与当时词学家王鹏运、郑文焯、况周颐等反复磋商，结合他数十年治词功力，经过他反复斟酌权衡后，《宋词三百首》终于问世。著名的词学大师、学者唐圭璋先生对《宋词三百首》推崇备至，并且在这本书的传播过程中贡献巨大。他的《宋词三百首笺注》为朱氏的原书做了相应的补充，使《宋词三百首》更为完备。学者、词学家况周颐对于《宋词三百首》青眼有加，认为是“取便初学，诚金针之度也”，在其《词学讲义》附录中列为“词学初步必需之书”，李冰若评价此选“伦次谨严，昭示正轨”（《花间集评注自序》），由此可见当时词学界对《宋词三百首》的首肯程度。

《宋词三百首》从编成、出版到现在也已经历了八十余年。而《宋词三百首》的各类版本依旧畅销不衰，由此可见这本书旺盛的生命力和对中国宋词传播的影响力之大。

题材类别

宋词题材丰富，较之唐诗更贴近生活，流传更广，不仅在士大夫间非常流行，而且在民间也广为流传。宋词题材以描写艳情为主，簸弄风月，吟诵性情，词不像诗，没有太多的格律要求，所以创作宋词没有太高的门槛，而大量的宋词被歌妓用婉转优美的歌声咏唱出来，词意达情，情真意切。由此，词俨然成为中国文学发展史上第一个抒写艳思恋情的专门文体，古人归纳说“诗言志，词言情”“词为艳科”，这些都说明了宋词的创作主题流向。当然，除了咏叹离愁别绪、风花雪月之事外，宋词也有它雄壮激昂的色调，这种多样性也赋予了宋词旺盛的生命力。由此，宋词也就大致分为婉约派和豪放派两大类。

婉约派

代表人物

李煜、欧阳修、柳永、晏殊、晏几道、周邦彦、李清照、秦观、姜夔等。

相关代表作

李煜：《虞美人》（春花秋月何时了）；

欧阳修：《采桑子》（群芳过后西湖好）、《踏莎行》（候馆梅残）；

柳永：《雨霖铃》（寒蝉凄切）、《蝶恋花》（伫倚危楼风细细）；

晏殊：《浣溪沙》（一曲新词酒一杯）；

晏几道：《临江仙》（梦后楼台高锁）、《鹧鸪天》（彩袖殷勤捧玉钟）；

周邦彦：《兰陵王》（柳阴直）、《蝶恋花》（月皎惊乌栖不定）；

李清照：《如梦令》（常记溪亭日暮）、《醉花阴》（薄雾浓云愁永昼）；

姜夔：《扬州慢》（淮左名都）、《暗香》（旧时月色）；

主要特点

内容上侧重男女相思恋情，伤春感怀；语言深细缜密；音律清丽优雅，清新绮丽，具有一种柔婉之美。婉约词风长期支配词坛，成为宋词的主流文体。

豪放派

代表人物

苏轼、辛弃疾、陆游、张孝祥等。

代表作

苏轼：《念奴娇·赤壁怀古》《江城子·密州出猎》；

陆游：《诉衷情》（当年万里觅封侯）

辛弃疾：《破阵子·为陈同甫赋壮词以寄之》《永遇乐·京口北固亭怀古》；

张孝祥：《六州歌头》（长淮望断）

主要特点

豪放派开拓了宋词的写作范畴和方式，将恢弘的气象引入宋词，赋予宋词一种雄壮、激昂的感情基调；喜用诗文的手法写词，不拘守音律。苏轼则将豪放词的地位在北宋进一步提高，辛弃疾是创作豪放词的一代巨擘和领袖。

三

原著阅读

冯延巳

冯延巳（公元903年—960年），又名延嗣，字正中，广陵（今江苏扬州）人。多才艺，工诗词。南唐中主李璟时为宰相。他的词不脱六朝以来的俗艳，也是多以妇女、相思之类为题材，多用清新的语言刻画人物内心的活动和哀愁，宋初《钓矶立谈》评其“学问渊博，文章颖发，辩说纵横”，其词集名《阳春集》。

宋词

谒金门

风乍①起，吹皱一池春水。闲引②鸳鸯香径里，手挼③红杏蕊。

斗鸭④阑干独倚，碧玉搔头⑤斜坠。终日望君君不至，举头闻鹊喜。

〔字词解释〕

①乍：忽然。②闲引：悠闲地逗引。③挼：揉搓。④斗鸭：以鸭相斗为乐。斗鸭和斗鸡都是旧时官僚显贵观赏取乐的一种方式。⑤碧玉搔头：即碧玉簪。

译文

春风乍起，吹皱了一池春水。闲来无事，于是就在花间小径里和池中的鸳鸯嬉戏，随手折下一朵杏花蕊，慢慢地把它轻轻揉碎。

独自靠在栏杆上，斗鸭游戏进行得正是火热，这时头上的碧玉簪斜垂下来。因为整日思念心上人所以心思恍惚，为什么心上人始终不回来，忽然一阵喜鹊的叫声传来。

精品赏析

春风乍起，将一池春水吹皱，这些极为细小的事物搅动了一位女性的感情世界。她的悠闲都是因为丈夫不在身边，所以无事可做，其实她无时无刻不在思念着心上人，最后一句“举头闻鹊喜”，似乎在预示会有好消息传来。

蝶恋花

宋词

几日行云①何处去。忘却归来，不道春将暮。
百草千花寒食②路。香车系在谁家树。
泪眼倚楼频独语。双燕来时，陌上相逢否。
撩乱③春愁如柳絮。依依梦里无寻处。

〔字词解释〕

①行云：用巫山神女之典，比喻人行踪不定。唐戎昱《送零陵妓》诗：“宝钿香蛾翡翠裙，装成掩泣欲行云。”②寒食：节日名，农历清明前一日或二日。③撩乱：纷乱。

译文

出行的郎君如同飘忽的云，谁知道现在飞到了何处。连连数日，忘了返回，全不顾春天已将逝去。到了寒食清明的时候，原野上百草争绿千花争艳，而他那辆香车，如今不知拴系在谁家的树木？

伤心倚楼，泪眼朦胧，独自黯然心伤。正逢一双燕子飞回窠居。我对着燕子痴情地问：在你们回来的路上可曾与我的郎君相遇？纷乱的春愁如飘飞的柳絮，即便是我情怀一片，恐怕是梦里也无处寻他。

精品赏析

这是模拟女子口气写的一首闺怨词，讲述了一位痴情女子对冶游不归的男子心怀怨望又难割舍的缠绵感情。游子就如流云一样游荡忘了归来，在春机萌生、百草千花的寒食节气，处处情人成双成对，就连燕子也知道双双归来，可是那个人却不知何处。看着满天纷飞的柳絮，不知道愁情交织，乃至梦中也梦不到游子。全词语言清丽婉约，悱恻感人，塑造了一个情怨交织内心的闺中思妇形象，也似乎概括了更广泛的人生体验。

李煜

李煜（公元 937 年—978 年），南唐后主，字重光。中主李璟之子。在位 17 年。宋军破南唐都城，李煜降宋，被俘至汴京，被封为违命侯，被太宗赵光义赐牵机药毒死。他是南唐最后一个皇帝，也是一个具有高度文化教养的文人。工书善画，洞晓音律，诗词文章无不擅长。

虞美人①

宋词

春花秋月何时了②，往事知多少。小楼昨夜又东风，故国不堪回首月明中。

雕栏玉砌③应犹在，只是朱颜改④。问君⑤能有几多愁，恰是一江春水向东流。

〔字词解释〕

①此调原为唐教坊曲，又名《一江春水》《玉壶水》等。②了：了结，完结。③砌：台阶。④朱颜改：指词人所怀念的人已衰老。⑤君：作者自称。

译文

曾经的美好风景我已经无心欣赏，以前的事不时地浮现眼前。关押我的小楼昨夜又刮来一阵东风，月亮挂在天上，我不忍心回首故国的山河。

旧都的雕梁画栋应该还在，只是曾经一起游玩享乐的人都已经老了。要说我能有多少哀愁，就像浩浩荡荡地向东流去的一江春水一样绵延不绝。

精品赏析

此词据说是作于李煜归宋后的第三年。词中流露了词人对故国往事的追忆和无限的故国哀思，宋太宗听说这首词后，就下令毒死了李煜。李煜的故国之思虽然哀婉，但是还限于从前的帝王奢侈生活。

相见欢①

无言独上西楼，月如钩，寂寞梧桐深院锁清秋②。

剪不断，理还乱，是离愁，别是③一般滋味在心头。

〔字词解释〕

①此调原为唐教坊曲，又名《乌夜啼》等。②锁清秋：被秋色所笼罩。③别是：另有一种。

译文

默默无言，独自一人上了西楼，抬头一看，月儿弯弯就像钩子一样。这时秋色渐浓，只见梧桐树寂寞地孤立在这清冷凄凉的月光中。

到底是什么剪不断，理了更乱，原来是离别的苦痛。愁绪缠绕，这又是另一种让人难以承受的滋味泛上心头。

精品赏析

这首《相见欢》咏叹的是离别愁。词人用“无言”二字刻画出词人的愁苦神态，一个“独上”勾勒出作者孤身登楼的身影，刻画出词人孤独的心境。“月如钩，寂寞梧桐深院锁清秋”，形象描绘出了词人的所见所感，将离愁物化，让人更加清晰地感觉到词人的离愁之深。

钱惟演

钱惟演（公元 962 年—1034 年），字希圣。吴越王钱俶之子。吴越王钱俶原是吴越国君主，北宋统一南方，吴越王钱俶入朝归宋，让吴越大地免除战乱之祸。钱惟演是他的第十四子。归宋后，历任翰林学士等职。擅诗词，是“西昆”派的主要词人。风格清新、香艳。

木兰花

宋词

城上风光莺语①乱，城下烟波春拍岸。绿杨芳草几时休，泪眼愁肠先已断。

情怀渐变成衰晚，鸾镜②朱颜惊暗换。昔年多病厌芳樽，今日芳樽③唯恐浅。

〔字词解释〕

①莺语：黄莺的婉转鸣叫。②鸾镜：镜子。③芳樽：对酒杯的美称。

译文

从城上眺望，风光大好，黄莺儿叫声纷乱。城下湖面烟波浩渺，春水拍打着堤岸。可是我心中愁绪难平，看着青杨芳草也没有改观，我眼中满含泪水，愁绪袭来，让我肝肠寸断。

这时的心境已经变得衰落孱弱，而镜子中容颜的衰落更是让我吃惊。往年，我体弱多病，很少喝酒，可是现在却唯恐酒斟得不满。

精品赏析

绿杨芳草，烟波春拍岸，花开莺啼的春光美景下，词人愁绪难平。流光似水，突然发现不觉朱颜暗换，所以春色就很容易促动泪眼愁肠。这首词通过对春光春色的描写，曲折地抒发了诗人内心的感伤和悲痛。

林逋

林逋（公元967年—1028年），字君复，北宋初年著名隐逸诗人。杭州钱塘（今浙江杭州）人。性格恬淡，自甘贫困，后来隐居杭州西湖，结庐孤山。相传他20余年足不及城市，以布衣终身。独居杭州西湖边的孤山，种梅养鹤，终身未娶，人称“梅妻鹤子”。

宋词 谒金门

吴山青，越山青①。两岸青山相送迎，谁知离别情？

君泪盈，妾泪盈。罗带同心结未成②，江头潮已平③。

〔字词解释〕

①吴、越：春秋时古国名，古时两国以钱塘江为界，钱塘江北岸多属吴国，以南则属越。②“罗带”句：要把罗带挽成同心而没有成功（指代婚事不成）。③潮已平：潮水已涨到岸相齐。

译文

钱塘江北是翠绿的吴山，钱塘江南是苍翠的越山，两岸的青山在这里迎来送往了很多坐船的行人，可是有谁能明白这一对有情人儿的离情呢？

两人现在都已经哭成了泪人，钱塘江水也是无情，没有等到这对有情人，将同心结子打成就涨起大潮，催促着行舟马上出发。

精品赏析

林逋的这首《长相思》，写一对有情人在江边告别的情景，这也展示了他丰富的内心世界，将一代隐士的内心情感展现在我们眼前。

柳永

柳永（约公元987年—约1060年），初名三变，改名永，字耆卿，因排行第七，人称“柳七”。崇安（今属福建省）人。景祐元年（1034年）进士，历任睦州团练推官、馀杭令、定海晓峰盐场监官等，终官屯田员外郎，世称“柳屯田”。政治上不得志，但是写词成就非凡。在词学史上，柳永贡献卓著：他推广了慢词长调，抒发情感深长悠远，题材广阔，对后世影响深远。其二是独辟蹊径，可以将俗语带进词里，丰富词的内涵和广度。其词自成一派，世称“屯田蹊径”、“柳氏家法”。《避暑录话》卷三记西夏归朝官语：“凡有井水饮处，即能歌柳词。”可见柳词影响之大。

曲玉管①

陇首云飞②，江边日晚，烟波满目凭阑久。一望关河萧索，千里清秋。忍凝眸。

杳杳神京③，盈盈仙子④，别来锦字⑤终难偶。断雁无凭⑥，冉冉飞下汀洲⑦。思悠悠。

暗想当初，有多少、幽欢佳会，岂知聚散难期，翻成雨恨云愁⑧。阻追游。每登山临水，惹起平生心事，一场消黯⑨，永日⑩无言，却下层楼。

〔字词解释〕

①曲玉管，为唐教坊曲名。此调在传世宋词中不常见，现存词中只有柳永这一首词。②陇首云飞：《梁书·柳恽传》记载，“少工篇什，始为诗曰：‘亭皋木叶下，陇首秋云飞。’琅邪王元长见而嗟赏，因书斋壁。”“陇首云飞”语本于此。③杳(yǎo)杳：远隔貌。神京：指都城汴京。意谓词人离京后，与自己思念的人天各一方。④仙子：容颜姣好的女子，

唐宋间常以“仙子”代指娼妓或女道士。⑤锦字：又称锦书，情书的美称。《晋书》卷九十六：“窦滔妻苏氏，始平人也，名蕙，字若兰，善属文。滔苻坚时为秦州刺史，被徙流沙。苏氏思之，织锦为回文旋图诗，以赠滔。婉转循环以读之，词甚凄惋。”因以“锦字”指情侣间往还的书信。⑥断雁无凭：言孤鸿不足以传书。断雁，孤鸿。雁，传书之鸿雁。典出《汉书·苏武传》。⑦汀洲：水中的小洲。⑧雨恨云愁：言聚散如云似雨，难以预料。王禹偁《点绛唇·感兴》：“雨恨云愁，江南依旧称佳丽。”⑨消黯：黯然销魂，语出江淹《别赋》。⑩永日：从早到晚，整天。

译文

巍巍山岭彩云纷飞，暮色中江边升腾出无边沉沉暮霭。眼前是一片烟波万里，我凭高远望，只见山河萧条凄清，千里之内清风凄凉，让人心中不忍难受。

在那遥远的神京，有一位盈盈的如仙佳人。自从分手以来，再也没有她的音信，令我思念悠悠。我望断南飞的大雁，也未等来任何的凭据，只能使我的愁思更长。

独自回忆当初有多少相见的美好时光，谁知聚散皆由天定，聚散悲喜，都变成今日的无限愁怨。千里之外我们无从相见，只有彼此思念。每当见到山水美景，都会勾起我的回忆，只好整日默默无语，独自下楼去。

精品赏析

此词是柳永的代表作之一，抒发了羁旅中的怀旧伤离的感情。词的第一叠写眼前所见，第二叠写所思之人，又将此平列的两段情景交织起来，使其成为有内在联系的双头。

此词首句点出词人当时所处的景物和心境。“云飞”“日晚”，隐含下“凭阑久”。陇首，犹言山头。云、日、烟波，皆凭阑所见，而有远近之分。“一望”是一眼望过去，由近及远，由实而虚，千里关河，阻隔了词人和心上人的视线，不能得见，只有眼前一片清冷风景，逼出“忍凝眸”三字，写尽对景怀人、不堪久望之意。此段五句都是写景，却仅用“忍凝眸”三字，便将内心活动全部贯注到上写景物之中，做到了情景交融。

第二叠则反过来，写情写景。“杳杳”三句，接上“忍凝眸”来。“杳杳神京”，写所思之人在汴京；“盈盈仙子”，表明所思之人的身份。唐人诗中习惯以仙女作为美女之代称，而实际上用来指娼妓或女道士。所以大意推断词人指的是汴京的一位妓女。“锦字”化用窦滔、苏蕙夫妻之典。作者和这位“仙子”，虽非正式夫妻，但其落第而出京，与窦滔之获罪远徙，有些近似之处。鸿雁不能传书，词人用一个“断”和一个“无凭”，则是指鸿雁终不曾负担起它的任务。并且“冉冉飞下汀洲”，将眼前景物与传说相结合，虚实相生，表现了词人既得不着信又见不了面的惆怅心情。“思悠悠”三字，总结次段之意，与上“忍凝眸”遥应，而更深入一层。

第三叠用“暗想”之后的四句，概括往事，叙述了词人相爱、相离的愁恨心情。“阻追游”三字，说尽了许多难以言说的辛酸。而且“登山临水”总会“惹起平生心事”，“黯然消魂”无奈之下只好“却下层楼”，心情沮丧而萧索。

雨霖铃①

宋词

寒蝉②凄切，对长亭晚，骤雨初歇。都门帐饮③无绪，留恋处、兰舟④催发。执手相看泪眼，竟无语凝噎⑤。念去去、千里烟波，暮霭沉沉楚天⑥阔。

多情自古伤离别，更那堪、冷落清秋节！今宵酒醒何处⑦？杨柳岸、晓风残月。此去经年⑧，应是良辰好景虚设⑨。便纵有、千种风情，更与何人说？

［字词解释］

①雨霖铃，唐教坊曲名。②寒蝉：秋蝉。③帐饮：于郊外搭设帐篷，用于摆宴送行。江淹《别赋》：“帐饮东都，送客金谷。”④兰舟：形容舟之华丽名贵。指用木兰刻成的舟。⑤执手相看泪眼，竟无语凝噎：词人化用江淹《别赋》诗句：“造携手而衔泪，各寂寞而伤神。”

⑥楚天：荆楚大地的天空。⑦今宵酒醒何处：词人想借酒去愁，酒醒却愁更愁。⑧经年：年复一年。⑨应是良辰好景虚设：这句词是说没有相爱的人陪伴，美好的光景就等于没用的摆设一样。

译文

秋蝉叫得是那样的凄凉急切，傍晚时分面对着长亭愁坐，这时一阵急雨刚下完。城外设帐饯别，可是哪有畅饮的情绪，正在依依不舍的时候，船夫在催着自己上船。握着手四目相对，都是满眼泪花，一句话也说不出来。想到这次一走就是一程又一程的远路，千里迢迢，楚天大地一定是烟波浩渺一望无边。

自古以来多情的人最伤心的就是离别，更何况是在这萧瑟孤寂的清秋时节！管他酒醒时会身在何处，怕只会在那杨柳岸边，独对着凄厉的晨风与拂晓时的残月了。这一去就是长年不见，不能和你在一起，即使是良辰好景，也如同虚设。即使有满腹的情怀诗意，又能和谁一同倾诉呢？

精品赏析

这首词是柳永的代表作之一。当时作者离开汴京南下，于是和恋人忍痛惜别。词中以种种凄凉、冷落的秋天景象衬托和渲染离情，情景交融，词人的伤感愁绪像流水一般绵绵不绝，让人唏嘘叹息。

宋词

蝶恋花①

伫倚危楼风细细，望极春愁，黯黯②生天际。草色烟光残照里，无言谁会凭阑意。

拟把疏狂图一醉③，对酒当歌④，强乐还无味⑤。衣带渐宽终不悔，为伊消得人憔悴⑥。

〔字词解释〕

①蝶恋花，为唐教坊曲名。又名黄金缕、凤栖梧、卷珠帘、江如练等。②黯黯：指伤心忧愁的样子。③疏狂：狂放而绝不拘束。白居易《代书诗寄微之》：“疏狂属年少，闲散为官卑。”④对酒当歌：诗见曹操《短歌行》：“对酒当歌，人生几何。”⑤强乐：勉强自己高兴起来。《二程遗书》卷十八：“勉强乐不得，须是知得了，方能乐得。”⑥“衣带渐宽”以下二句：“衣带渐宽”化自《古诗十九首》中的“相去日已远，衣带日已缓”。这两句词的意思是为了思念而精神憔悴，即使憔悴而绝不后悔。

译文

我站在高楼上，细细微风拂面，望不尽的春日离愁，又从遥远的天边生发出来。草色碧绿，夕阳下柳烟迷蒙，默默无言，谁能理解我现在靠在栏杆上的心情。

我打算放浪形骸把自已灌醉，但是举杯唱歌，勉强作乐反而觉得更加无趣。就算我日渐消瘦也不会懊悔，为了她我已经变得如此憔悴，还怕什么呢。

精品赏析

这首词手法巧妙，采用了“曲径通幽”的表现方式，融情于景，将漂泊异乡的落魄和怀恋意中人的苦闷融为一体。情绪千回百折，激情回荡，极其富有感染力。

浪淘沙慢①

梦觉、透窗风一线，寒灯吹息。那堪酒醒，
又闻空阶，夜雨频滴②。嗟因循、久作天涯③客。
负佳人、几许盟言，便忍把、从前欢会，陡顿④
翻成忧戚。

愁极。再三追思，洞房[5]深处，几度饮散歌阑，香暖鸳鸯被。岂暂时疏散，费伊心力。殢云尤雨[6]，有万般千种，相怜相惜。

恰到如今、天长漏永[7]，无端自家疏隔。知何时、却拥秦云[8]态，愿低帏昵枕，轻轻细说与，江乡夜夜，数寒更思忆[9]。

〔字词解释〕

①浪淘沙慢，是词牌浪淘沙的别格，由柳永、周邦彦演制。唐五代所传《浪淘沙》词皆为令词小调，二十八字或五十四字，至柳永则演制为一百三十三字（正体）的长篇慢调。这首词为三片构成的双拽头格式，首片写词人夜半酒醒，忧思难寐；次片追思过往之情事；第三片回到眼下，同时设想将来两人欢会的情景。②又闻空阶，夜雨频滴：龚颐正《芥隐笔记》中有“阴铿有‘夜雨滴空阶’，柳耆卿用其语，人但知为柳词耳”。③因循：延宕不归、徘徊不去。姚合《武功县中作》诗之二二：“门外青山路，因循自不归。”韦庄《出关》诗：“马嘶烟岸柳阴斜，东去关山路转赊。到处因循缘嗜酒，一生惆怅为判花。”久作天涯客：周邦彦《苏幕遮》“故乡遥，何日去，家住吴门，久作长安旅”，句意与此相似。④陡顿：突然。柳永《斗百花》：“无限幽恨，寄情空殢纨扇。应是帝王，当初怪妾辞辇。陡顿今来，宫中第一妖娆，却道昭阳飞燕。”辛弃疾《贺新郎·题傅岩叟悠然阁》：“更风雨、东篱依旧。陡顿南山高如许，是先生、拄杖归来后。”⑤洞房：这里并不是新婚夫妇的卧室，而是泛指幽深的内室。多指卧室、闺房。《楚辞·招魂》：“姱容修态，絙洞房些。”⑥殢（tì）云尤雨：指男欢女爱，备极缠绵。蒲松龄《聊斋志异·荷花三娘子》：“更初，〔女〕果至宗斋，殢雨尤云，备极亲爱。”⑦漏永：时间漫长。漏，古代的计时器，即漏壶。永，长。《红楼梦》中《“女儿”酒令》（其一）：“展不开的眉头，挨不明的更漏。”正是此意。⑧秦云：秦云楚雨。司空图《浙江二首》（其一）：“丹桂石楠宜并长，秦云楚雨暗相和。”这里借指男女欢爱之事。⑨“知何时”以下五句：运意谋篇与李商隐《夜雨寄北》“何当共剪西窗烛，却话巴山夜雨时”相似，由眼前遥想未来，在未来的某一个时段，再回首眼前的场景，到那时，而今的眼前场景已变成过往的回忆。时空回环交错，妙不可言。

译文

睡梦中醒来，夜风穿透窗棂，吹灭昨夜未燃尽的灯。我无法忍受酒后的失落，听夜雨滴在空寂的台阶，声声作响。我感叹命运艰难，长久在天涯漂泊。只是自己辜负了佳人，曾经的那些山盟之语还萦绕在耳，竟忍心把从前的幽会欢娱，突然间变成了忧愁与悲戚。

心中悲愁万分，再三追忆曾经，在洞房幽静之处，一起饮酒看歌舞，等待尽兴之后共眠在芳香温暖的鸳鸯被里。岂知暂时离散，便劳她耗尽心力。欢会缠绵，云情雨意，有万种柔爱，千种亲昵，互相怜爱互相痛惜。

现在这个时光，天长夜久忆相思，无奈都是自家游宦闹得情侣隔离。不知道何时才能再相聚，重谐秦云楚雨欢情意，我希望到那时低垂帏帐，枕前亲昵，轻轻地细细说与她，而现在独居江畔乡间，夜夜凄寒，只能伴着更声将她思忆。

精品赏析

这个曲调是柳永取自唐五代之《浪淘沙》词，进行改制形成词曲。原曲单调28字，或双调54字，本是小令。柳永则将其扩展为133字的长篇慢词，然后分为三叠，扩大了思想容量，将主人公的心理活动表现得更加细腻。由此而将作者的相思离别之情刻画得淋漓尽致，露骨地表达感情的方式显然受到民间俚曲的影响。第一片写主人公夜中酒醒时的忧戚；第二片作者追忆往昔欢爱之风情；第三片由眼下之相思而构想将来见面之幸福情景。三叠思想交融，内容清新流丽。第一叠写愁中醒来的现境。窗风吹灯，夜雨漏阶，可知是夜半而醒。“寒灯”“空阶”“频滴”均有很强的感情色彩，刻画出主人公孤苦凄凉之心境。“嗟因循”以下几句抒发久滞在外之苦，有自怨自艾之意，更多的是无可奈何，怨天尤人之情。正因如此，才与佳人分手，以前的欢爱忽然变成今日的苦苦相思，人生真是不可捉摸。第二叠紧承上叠意脉。用“愁极”承上启下。“追思”而云“再三”，表现出对这一段幸福往事和甜情蜜意的无法割舍，相思至深。“几度”表明二人之欢爱已非一次，故情弥深而意弥笃。这段描写又是上片“从前欢会”的具体表现，前呼后应，针线绵密。第三片再返回现境，又从现境设想将来相见时之景，用前境与未来境衬托现境之苦，是柳永抒情常用之法。此词体制扩大，容量增加，主人公的全部心理状态及情思活动过程，都得到了充分的体现，情感真挚，热烈奔放。

宋词

少年游[1]

长安古道马迟迟[2]。高柳乱蝉嘶[3]。夕阳鸟[4]外，秋风原上，目断四天垂[5]。

归云一去无踪迹[6]。何处是前期。狎兴[7]生疏，酒徒萧索，不似去年时。

〔字词解释〕

①少年游，最早见于晏殊的《珠玉词》，因其中有“长似少年时”句，于是以“少年游”取为调名。又名小阑干、玉腊梅枝。这首词可能是柳永晚年之作，词以“少年游”为名，对少年快意的光阴却不着一字，只是从衰飒、颓唐的晚景写入，有追思，有悔恨，有迷惘。②长安古道马迟迟：长安古道向来是追名逐利之途，自古而今，车轮辐辏，从不稍歇。陈德武《望海潮》：“长安古道长亭，叹马蹄不住，车辙难停。”杨慎《瑞龙吟》：“记曲江池上，长安古道，多少愁落愁开，风横雨暴，沉吟无语时，把朱阑靠。”据考，柳永曾有长安之行。马迟迟：言人心萧散失意之至。白居易《立秋日登乐游园》：“独行独语曲江头，回马迟迟上乐游。萧飒凉风与衰鬓，谁教计会一时秋。”③乱蝉嘶：即乱蝉噪。不用鸣、吟、唱来形容蝉的叫声，而着一个“嘶”字，说明词人心境的烦躁。元稹《哭子十首》（其一）：“独在中庭倚闲树，乱蝉嘶噪欲黄昏。”④鸟：又作“岛”，指河流中的洲岛。⑤秋风原上，目断四天垂：原，为长安南郊的乐游原。唐时为长安士女游赏的胜地。白居易《登乐游园望》诗：“独上乐游园，四望天日曛。”其后一句与“目断四天垂”摹画相似。梅尧臣《闻永叔出守同州寄之》：“访古寻碑可销日，秋风原上足麒麟。”此“秋风原上”指的就是乐游原。⑥归云一去无踪迹：参见晏几道《鹧鸪天》“凭谁问取归云信，今在巫山第几峰”。⑦狎（xiá）兴：狎游的兴致。

译文

扬鞭打马行至长安古道，马儿迟迟不前。路边高高的柳树上，几只鸣蝉叫得人心烦意乱。夕阳西下，隐没在洲岛之外，郊原上寒风四起，只见天苍苍，野茫茫，双目望断而终无一归处。

往事如云，一去不返，消散得没有一点踪迹。旧日的欢爱约期，哪里可以去追寻啊？早年失意之时的狎玩之意兴，既已经冷落荒疏，而当日在一起歌酒流连的“狂朋怪侣”也都已老大凋零。已经没有了当年的情景。

精品赏析

学界推断这首词作于词人晚年时期。当柳永年华老去之后，对于当年冶游之事已意兴阑珊，而自己的少年抱负已成空梦，在感情无所寄托的时候便谱写了这首《少年游》。

这首词所选的是秋天的景色，情致低沉而萧瑟。“长安古道马迟迟”一句意蕴深远，既表现了词人对争逐名利之事早已淡薄，也有一种对今古沧桑的若有深慨的思致。“夕阳鸟外，秋风原上，目断四天垂”三句，详述了词人在秋日郊野所见之萧瑟凄凉的景象。“目断四天垂”，则天地苍茫，不知所极，一派萧索之意。

下阕，将过去的追思和现在自己的萧索联系起来，当年的希望与欢乐也已经不可复得。一切消逝不能复返，写尽了自己当时的寂寥落寞。“狎兴生疏，酒徒萧索，不似去年时”。早年失意之时的“幸有意中人，堪寻访”的狎玩之情已经不再，而且自己也是一年不如一年，生活变得索然寡味。

柳永这首《少年游》词，上半阙从景象写起，悲伤感慨之情尽在言外；下半阙则以“归云”为喻象，表达了一切期望之落空，最后三句以悲叹自己之落拓无成作结。整首词情景相生，虚实互补，是柳永后期作品中的佳作。

戚　氏①

晚秋天。一霎微雨洒庭轩。槛菊②萧疏，井梧零乱惹残烟。凄然。望江关。飞云黯淡夕阳间。当时宋玉③悲感，向此临水与登山。远道迢递④，行人凄楚，倦听陇水⑤潺湲。正蝉吟败叶，蛩⑥响衰草，相应喧喧。

孤馆度日如年。风露渐变，悄悄至更阑。长天净、绛河⑦清浅，皓月婵娟⑧。思绵绵。夜永对景，那堪屈指，暗想从前。未名未禄，绮陌红楼⑨，往往经岁迁延。

帝里⑩风光好，当年少日，暮宴朝欢。况有狂朋怪侣，遇当歌、对酒竞流连。别来迅景⑪如梭，旧游似梦，烟水程⑫何限。念利名、憔悴长萦绊。追往事、空惨愁颜。漏箭⑬移，稍觉轻寒。渐呜咽、画角⑭数声残。对闲窗畔，停灯向晓，抱影⑮无眠。

〔字词解释〕

①戚氏始见于《乐章集》，为柳永创调，宋人少有填此调者。宋李之仪《姑溪居士前集》卷三十八有《跋戚氏》云："东坡老人自礼部尚书为定州安抚使""多令官妓随意歌于坐侧，各因其谱，即席赋咏。一日歌者辄于老人之侧作《戚氏》，意将索老人之才于仓卒，以验天下之所向慕者，老人笑而颔之，邂逅方论《穆天子》事，颇谪其虚诞，遂资以应之，随声随写，歌竟篇就，才点定五六字尔。坐中随声击节，终席不问他辞，亦不容别进一语，临分曰：足以为中山一时盛事，前固莫与比，而后来者未必能继也"。《东坡词》中有《戚氏》词，声律与柳永词又有不同。元人丘处机尝填此调，声律、用字又不同于柳词苏词。丘词首句为"梦游仙"，后人于是以"梦游仙"作为《戚氏》的别名。②槛（jiàn）菊：栏杆边的菊花。下句"井梧"指井边的梧桐树。③宋玉：屈原弟子，辞赋家。所作《九辩》有"悲哉，秋之为气也……登山临水兮送将归"句。④迢递：遥远。⑤陇水：河流名。⑥蛩（qióng）：蟋蟀。⑦绛河：

银河。⑧婵娟：形容月色明媚。唐刘长卿《琴曲歌辞·湘妃》：“婵娟湘江月，千载空蛾眉。”⑨绮（qǐ）陌红楼：指花街柳巷、歌楼妓馆。⑩帝里：指都城汴京。⑪迅景：飞速的光阴。⑫程：路径、行程。⑬漏箭：漏壶的部件，上刻时辰度数，随水浮沉以计时。借指光阴。⑭画角：传自西羌古管乐器，发声哀厉高亢。⑮抱影：守着影子，形容孤独。汉严忌《哀时命》：“廓抱景而独倚兮，超永乎故乡。”晋左思《咏史》之八：“落落穷巷士，抱影守空庐。”

译文

深秋时节，一阵淅沥细雨降在平台庭院。栏杆边的菊花稀疏冷落，井边梧桐黄叶零乱，残雾缭绕如烟。令人情怀凄惨，远望江海关山，飞驰的暮云昏沉沉，在夕阳余晖中铺展。遥想当年这个季节，宋玉多情悲感，临秋伤怀，曾俯临秋水仰登青山。迢迢千里路途遥远，踽踽游子凄楚悲酸，厌倦聆听那陇水的潺湲。刚好秋蝉在落败的林间悲吟，蟋蟀在凋零的草丛里低唤，清冷时节，秋虫此叫彼应地闹闹喧喧。

在孤零零的驿馆一个人简直度日如年，时令在变，感觉到秋风寒露已经变冷，愁心忧闷熬到更深夜残。辽阔的天空明净无云，一道银河晶莹清浅，一轮皓月明媚娇艳。相思之情绵绵长长，夜色漫漫长长对景伤怜，哪忍心屈指计算，暗暗回想从前。没有功名，未享利禄，流连繁华街巷、红楼妓馆，往往是一年年流迹迁延。

京城里风光美无限美好，回忆当年青春少年，当时记得朝朝暮暮宴乐寻欢。何况还有狂放怪诞的朋友和侣伴，遇上离歌醉的场面就竞相流连。离别以来，迅速流逝的光阴如玉梭飞穿，昔日的游乐情景而今像春夜梦幻，前路烟波无际何处是边岸？也许是利禄功名长久地将我牵绊，以致我现在面容憔悴，回想往昔空自愁容惨淡。滴漏标时的箭头缓缓移动，感觉到天气微寒，渐渐传来画角呜呜的悲鸣。几声残响在空中回旋。看着静静的窗沿，点上一盏灯直到东方发白黎明到来，对着自己的孤影焦虑不眠。

精品赏析

《戚氏》调是柳永创立的长调慢词，全词二百一十二字，是长调中最长的体制之一。这首词音律谐协，句法活泼，平仄韵位有自己的特色。共分为三片，也叫三叠。

第一叠写夕阳西下时，第二叠写入夜时分，第三叠写从深夜到拂晓，三叠主角都是一个独宿旅寓的行人，而三叠也写了这三段时间内的所见、所思和所感。

第一叠阐述的是细雨过后但见夕阳西下时的所见所感。“晚秋”二字点出了时令——九月，一霎微雨写出了当时的天气——秋雨绵绵。秋雨时节，正是引起人们相思的愁苦时候，尤其是在孤独的雨夜时分。词先从近景写起：秋雨梧桐，西风寒菊，点缀着荒寂的驿馆。“萧疏”见得花之凋残。“零落”说明花正零落。“惹残烟”，一字一层。“烟”而曰“残”，见出梧菊凋零、无复烟笼霭密的生气。“残”而曰“惹”，则见出其勉为弄姿曳枝头的眷恋之情，益发令人怜惜。“惹”字极其传神。“凄然”以下写远景。“倦听”以后诸句开始转写所闻：一个“应”字将蝉鸣、蛩响写得有声有色。而且“蝉鸣”与“蛩响”彼此呼应，也将词人内心的凄凉烘托反衬出来，融情于景，手法倍显高明。

第二叠的时间从日斜到日暮，然后到更阑，风清露冷，天气渐渐变冷，人声悄然，至此深入一层，将此地此时的心理活动细致描绘出来。月明夜静，一身孤旅，独领清宵，如何不勾起词人的抑郁情思？“长空净，绛河清浅，皓月蝉娟”，长空云净，银河清浅，明月光辉，怎不让人“思绵绵”呢？词人以虚衬实，情真意厚、流转自如。

第三叠从“帝里”开始，之后的六句叙述了词人狂放不羁的少年生活，而且也是属于回忆，所以尚是虚笔。从“别来迅景如梭”之后转写实景，词人用笔虚实相间，腾挪有致。以往日的欢娱，衬出如今的落寞，烟村水驿，无限凄凉。经过一番铺垫与蓄势，然后引出了“念利名憔悴长萦绊”一句。名利羁绊让人背井离乡，羁旅孤馆，此时往事萦回，即使数遍更筹，依旧终夕难眠。“停灯向晓，抱影无眠”是本篇词眼，将自己伶仃孤独的精神感觉传神表达出来。这首词将羁旅情愁、身世之感写得淋漓尽致，入木三分，是柳永的名作之一。和柳永同时代的王灼在他的著作《碧鸡漫志》中对其赞誉道：“《离骚》寂寞千年后，《戚氏》凄凉一曲终。”

迷神引[1]

一叶扁舟轻帆卷。暂泊楚江南岸。孤城暮角[2]，引胡笳[3]怨。水茫茫，平沙雁。旋惊散。烟敛寒林簇，画屏展。天际遥山小，黛眉[4]浅。

旧赏轻抛，到此成游宦。觉客程劳，年光晚。异乡风物，忍萧索，当愁眼。帝城赊[5]，秦楼[6]阻，旅魂乱。芳草[7]连空阔，残照满。佳人无消息，断云[8]远。

〔字词解释〕

①“引”常常是一首乐曲的序曲。宋晁补之也填过该调，清《词谱》以柳永“红板桥头秋光暮”为正体。这是一首典型的羁旅行役之词，是柳永五十岁后宦游各地的心态写照。②角：古代乐器，即画角。③胡笳（jiā）：古代北方民族使用的管乐器。④黛眉：形容远山。⑤帝城：京城，指汴京。赊（shē）：距离远。⑥秦楼：妓院。⑦芳草：屈原《离骚》有：“何所独无芳草兮，尔何怀乎故宇。”⑧断云：片云。南朝梁简文帝《薄晚逐凉北楼迥望》诗：“断云留去日，长山减半天。”

译文

驾着一叶扁舟，轻帆慢动，姑且停靠在楚江的南岸。暮色之中，孤城里响起音乐声，伴有胡笳曲的哀怨。江水茫茫，平沙滩上停驻着几只大雁，很快就被惊散。暮烟聚拢，清寒的树林一簇又一簇，汇成一幅画图。远在天边，群山显得很小，颜色如黛，也显得很浅很浅。

曾经的欢乐旧事怕早已轻易地忘怀，而我现在漂泊到这偏远的地区成为此地的一介小官。旅途劳苦，自己年岁已老。异乡的风物看上去如此凄凉，我一双愁眼正对着这秋景，使我更添忧愁。这里离京师太远，更望不到秦楼。我孤身在外心烦意乱，愁绪绵绵。芳草碧绿与天相连，残阳映照着一片青草。但是佳人却一点儿消息也没有，就好像远去的断云，无踪可寻。

精品赏析

这首词是一首典型的羁旅行役之词。联系词人作这首词的背景更容易得知词人当时的心境。当时词人已经年过五十，曾经的冶游宴乐生活如今渐远，自己也是政治上不得志，内心的苦闷与不满填塞胸间，感慨颇多。

上片词人宦游经过楚江，舟人收帆靠近江岸，暂泊江边。然后作者以铺叙的方法对楚江暮景作了富于特征的描写。“孤城暮角，引胡笳怨”，傍晚的角声和笳声悲咽寒心，偏偏又是从孤城响起，这如何不会勾惹羁旅之人凄黯的情绪，使之愈感旅途的寂寞呢。“暮角”与“胡笳”定下的愁怨基调统领全词。接着自“水茫茫”始描绘了茫茫江水，平沙惊雁，漠漠寒林，淡淡远山。这样一幅天然优美的屏画，也衬托出游子愁怨和寂寞之感。

下片直接抒发宦游生涯的感慨，并将这种感慨进行层层铺叙。旅途劳顿，年事衰迟，是写行役之苦；“异乡风物”，在词人眼前尽是萧条之物，表达了旅途中的愁闷心情；帝都遥远，秦楼阻隔，旧爱难舍，心思迷乱，这又是写伤怀念远的情绪。词人深感“旧赏”与“游宦”难于两全，为了“游宦”而不得不“旧赏轻抛”。

“芳草连空阔，残照满”是实景，形象地表达了路远阻隔之意；这样的景物描写用在抒情中，景语与情语相接，语言富于变化而生动多姿。结句“佳人无消息，断云远”，补足了“秦楼阻”之意。“佳人”即“秦楼”中的人，因种种原因断绝了消息，旧情像一片断云随风而逝。从这首词中可以看出作者对仕途的厌倦情绪和对早年生活的向往，内心十分矛盾痛苦。这首词上片言“暂泊”之愁，下片道“游宦”之苦。词人为了将自己的真情实感表述出来而不舍铺叙，由此可见作者心中的悲苦，意蕴隽永，情致真切。

范仲淹

范仲淹（公元989年—1052年），字希文，吴县（今江苏省苏州市）人。大中祥符八年(1015年)进士，官至枢密副使、参知政事。积极推行“庆历新政”，曾提出十项政治改革方案。后来失败，遭到贬黜。其词清丽而豪健，气势恢弘。

渔家傲

宋词

塞下①秋来风景异，衡阳②雁去无留意。四面边声③连角起，千嶂里，长烟落日孤城闭④。

浊酒一杯家万里，燕然未勒归无计⑤。羌管悠悠霜满地，人不寐，将军白发征夫泪。

〔字词解释〕

①塞下：边界要塞，这里指西北边境。②衡阳：位于今湖南省。其旧城之南有回雁峰，状如雁之回旋。相传雁飞至此，不再南飞。③边声：指边境上羌管、胡笳等音乐声音。④孤城闭：形容塞外的荒无人烟。⑤燕然：燕然山，即今杭爱山，在今蒙古人民共和国境内。据《后汉书》载，东汉窦宪领兵出塞，大破北匈奴，登燕然山，刻石记功。勒：刻石记功。

译文

边塞的秋天一来风景大变，雁群南飞没有一点留恋的情意。四面八方传来边地凄悲的号角。山峰重重叠叠蜿蜒爬着，长烟冲天落日斜照孤城紧闭。

喝一杯酒想想远隔万里的家乡，但是战功未建怎么能轻易回去。羌人的笛声悠扬，秋霜撒满大地。这样的夜谁也没法入睡，将军头发花白，战士洒下眼泪。

精品赏析

这是一首边塞词，描写了边塞景物和萧瑟荒凉的环境。下片词人自抒怀抱，战争没有取得胜利，回家的想法只好打消。词人用一种苍凉而悲壮的感情婉曲地传达出其爱国激情和浓重乡思。

宋词

苏幕遮①

碧云天，黄叶地。秋色连波，波上寒烟翠。
山映斜阳天接水，芳草无情，更在斜阳外。
黯乡魂②，追旅思。夜夜除非，好梦留人睡。
明月楼高休独倚，酒入愁肠，化作相思泪。

〔**字词解释**〕

①苏幕遮，为唐教坊曲名。又名鬓云松令、云雾敛。②黯(àn)：黯然失色。“黯乡魂”暗用江淹《别赋》“黯然销魂”语。

译文

天空青碧，白云舒卷，黄叶遍地。秋天的景色映进江上的碧波，水面上笼罩着苍翠颜色。夕阳映照着远山，远处天水相接。岸边的芳草似是无情，又在西斜的太阳之外。

黯然感伤的他乡之魂，追逐旅居异地的乡思，每天夜深睡不着，如果不是美梦怎么也睡不好。看见明月映到高楼时就不敢上前倚栏欣赏。酒入愁肠，最后都变成了相思的眼泪。

精品赏析

词的上片写壮丽高远的秋景，在景物中寄托情思；下片就直抒思乡情怀，令人心生共鸣，纵观全词，词人将风景和感情相融合，全词低回婉转，但是又沉雄刚烈，让人读后心生感慨。

张先

张先（公元990年—1078年），字子野，乌程（今浙江省湖州市）人。天圣八年（1030年）进士，曾任嘉禾判官，知渝州、虢州，以尚书都官郎中致仕。为人风趣幽默，词名远播，与苏轼等名士都有唱酬。他自举平生所得意的三首词："云破月来花弄影"（《天仙子》），"娇柔懒起，帘幕卷花影"（《归朝欢》），"柔柳摇，坠轻絮无影"（《剪牡丹》）。世称"张三影"，著有《张子野词》。

天仙子

宋词

《水调》[1]数声持酒听，午醉醒来愁未醒。送春春去几时回？临晚镜[2]，伤流景，往事后期[3]空记省[4]。

沙上并禽[5]池上暝，云破月来花弄影[6]。重重帘幕密遮灯，风不定，人初静，明日落红[7]应满径。

〔字词解释〕

①《水调》：曲调名，相传隋炀帝开凿汴河时自制此曲《水调歌》，唐代称《水调歌头》。②临晚镜：词人照镜子时感伤自己已经衰老。③往事后期：以往的欢情，以后的期约。④省：醒悟，明白。⑤并禽：此处指鸳鸯。暝：眯着眼睛休息。⑥花弄影：作者将花拟人化，说花在月光下摆弄它的身影。弄：摆弄。⑦落红：落花。

译文

边喝酒边听着《水调曲》，醉后初醒，但是心中的愁苦却难以排遣。春天送走了之后什么时候能再回来？晚上在镜子中看到自己的容颜渐渐苍老，青春年少的时光似水流年，往日时光旧日的约定，都已经是过眼云烟。

沙滩上双宿的鸳鸯鸟已栖息，风吹走了流云，月光下花儿顾影自怜。

一层层的帘幕密密地遮住了灯光，风儿依旧在吹，人声却渐渐地安静下来。明天的小路上一定是落满了花瓣。

精品赏析

这首词是张先的名作。此词内容平泛，是伤春伤别离的主题。上片写送春伤别、内心低徊惆怅，对往事的追忆之情。下片说作者自道孤寂萧索，对昔日青春年华与情侣缠绵徘徊的追忆。“云破月来花弄影”句，语句精美，意境高妙，传诵千古。

晏殊

晏殊（公元991年—1055年），字同叔，临川（今江西省抚州市）人。七岁就会写文章，三十岁拜翰林学士；庆历二年（1042年）官同中书门下平章事，兼枢密使。晏殊仕途一帆风顺，所作的词也大多是歌咏风月的作品，“文章赡丽，应用不穷，尤工诗，闲雅有情思”，是婉约派代表作家，有《珠玉词》三卷。

浣溪沙①

一曲新词酒一杯，去年天气旧亭台，夕阳西下几时回？

无可奈何花落去，似曾相识燕归来②。小园香径③独徘徊。

〔字词解释〕

①浣溪沙，唐教坊曲名。②无可奈何花落去，似曾相识燕归来：这句词是晏殊的得意之作，词人在其作品中曾多次提及这两句词。③香径：落花满径，芬芳别致，所以叫香径。

译文

听一曲诗词喝一杯美酒，突然想起去年这个时候也是在这样的楼台和亭子听曲喝酒。夕阳西下，要等到什么时候才又转回这里？

花儿的凋落总是让人无可奈何，而那归来的燕子竟然也是这么眼熟，似乎在哪里见过一样。落花满径，我独自一个人漫步其间徘徊怅惘。

精品赏析

这首词为晏殊的名篇之一，上片词人悼惜春残花落，叹息好景不长，寄情于景，暗寓相思离别之情。词人语意十分含蓄，借助“去年天气旧亭台”等意象表达了人事全非的伤感和叹息。

下片融情于景，其中“无可奈何花落去，似曾相识燕归来”一联工巧而浑成，寓意深刻，传神地表现出词人的愁思和感慨，意境含蓄，意味深远。因此脍炙人口，广为传诵，并且情中有思，富含哲理。

宋词

浣溪沙

一向①年光有限身，等闲离别易销魂②。酒筵歌席莫辞频。

满目山河空念远③，落花风雨更伤春。不如怜④取眼前人。

〔**字词解释**〕

①一向(shǎng)：片刻。向，同“晌”。②等闲：平常。销魂：谓心灵震荡，如魂飞魄散。形容极度哀愁感伤。③满目山河空念远：由唐李峤《汾阴行》诗“山川满目泪沾衣”句化出。念远，思念远方友人。④怜：爱怜。唐《会真记》载崔莺莺诗：“还将旧来意，怜取眼前人。”此句化用其意。

译文

人生短暂生命是有限的，而离别总是那么让人销魂。宴饮歌舞，不要推辞嫌多啊。

登高望远，眼前江河辽阔，可是只能空自怀念远处的亲友；（独处家中）风雨中的落花，更让人感伤春光易逝。与其感慨时光流逝，不如去怜爱眼前的佳人。

精品赏析

这首词词意惋叹、感情含蓄委婉，慨叹人生有限，抒发离情别绪，提醒人们要及时行乐、珍惜眼前美好的时光。全词章法结构上下关合：下片“满目”句照应上片次句，因离别而念远；“落花”句照应上片首句，因慨叹人生短暂而伤春。

“一向年光有限身”“一向”，即一晌，一会儿。时光短暂而有限的生命如白驹过隙须臾而过！词人的哀怨是永恒的，美好的年华稍纵即逝，感春光之易逝，盛年之不再，这是词人对生活的观察所得，有撼人心魄的效果。

“等闲离别易销魂”“等闲”二字，殊不等闲，可见词人用情之深。在短暂的人生中，别离是不止一次会遇到的，而每一回离别，都占去有限年光的一部分，词人唯有强自宽解：“酒筵歌席莫辞频。”与其在这里痛苦无限，不如对酒当歌，自我排遣。“频”，谓宴会的频繁。晏殊“惟喜宾客，未尝一日不宴饮，每有嘉客必留，留亦必以歌乐相佐”“日以饮酒赋诗为乐，佳时胜日，未尝辄废”。在“酒筵歌席”上畅怀痛饮，及时行乐，聊慰此有限之身。“满目山河空念远，落花风雨更伤春”。词人在登临之际，放眼辽阔的河山，心里在怀思远别的亲友；看到风雨摧落了繁花，更令人感伤春光易逝。语本李峤《汾阴行》：“山川满目泪沾衣，富贵荣华能几时？”作者不去刻意伤春伤别，故要想办法从痛苦中解脱出来。

“不如怜取眼前人”，词人决定抛却那些人生带来的痛苦，何必这样折磨自己呢，要学会“怜取眼前人”，与其悲叹年光之有限，感慨世事之无常，不如抓住现在的美好生活，将人生哲理的探索寄寓其中。认识到现实，抓住人生的美好时光。

这首词用语明净，下字简洁，表现出闲雅蕴藉的风格；取景甚大，笔力极重，格调遒上。抒写伤春念远的情怀，深刻沉着，高健明快，而又能保持一种温婉的气象，从而避免情调过于伤感，在艺术成就上高人一筹。

破阵子[1]

燕子来时新社[2]，梨花落后清明。池上碧苔[3]三四点，叶底黄鹂一两声。日长飞絮[4]轻。

巧笑[5]东邻女伴，采桑径里逢迎[6]。疑怪[7]昨宵春梦好，原是今朝斗草赢。笑从双脸生。

〔字词解释〕

①词牌名，原为唐教坊曲名。②新社：社日是古代祭土地神的日子，古人为求祈丰收，所以在春、秋都有社日。新社即春社，时间在立春之后。③碧苔：碧绿色的青苔。④飞絮：飘飞的柳絮。⑤巧笑：形容少女笑容倩丽。⑥逢迎：相逢。⑦疑怪：怪不得，难怪。

译文

燕子回来的时候正好是社祭的日子，而梨花在清明节后就纷飞如雪。几片碧苔点绿一池清水，黄鹂藏在树上，动听的歌声萦绕着四野，阳光明媚，柳絮飘飞。

在去采桑的路上遇到了满面笑容的东邻女伴，怪不得我昨晚做了个好梦，原来它是暗示我今天斗草获得胜利啊！想着想着脸上也浮出了笑意。

精品赏析

晏殊的这首词清新活泼，以一位青春年少的田家少女为主角，描写了她的生活状态和精神面貌，具备很浓的乡间泥土芬芳。意境清秀，场面轻快，将春景的清新和少女的活泼可爱结合在一起，读后给人带来更多的生气、美丽与活力。

清平乐

金风①细细，叶叶梧桐坠。绿酒②初尝人易醉，一枕小窗浓睡。

紫薇朱槿花残，斜阳却照阑干。双燕欲归时节，银屏昨夜微寒。

〔字词解释〕

①金风：秋风。《文选·张协＜杂诗＞》：“金风扇素节，丹霞启阴期。”李善注：“西方为秋而主金，故秋风曰金风也。”②绿酒：美酒。

译文

金秋送爽，秋风轻轻地吹拂，梧桐的树叶片片地往下飘零。我刚刚新酿的酒，味道正浓厚香醇，刚才尝一口就让人心醉不已。我在小窗前沉沉入睡。

时令已到，紫薇花、朱槿花正在凋残，夕阳已经映照着窗外的栏干。一双燕子到了将要南飞的时候，银色屏风现在还存着昨夜的寒意。

精品赏析

这首词体现了晏殊词的闲雅风格和富贵气象，笔触细腻，描绘了秋风细细、残花斜阳的庭院风景，通过主人公于精致的小轩窗下目睹双燕归去、体察到银屏微寒这一情景，营造出一种冷清寂寞的意境，抒发了词人淡淡的忧伤。

这首词感慨初秋的衰残，含有淡淡的哀愁。生动形象地表现出词人闲雅的风格。结构紧凑，浑然天成。一系列色彩词的运用，色彩斑斓，透露出词人对其中许多颜色将在秋风中暗淡消失而感到哀伤。另外，词人客观地表现初秋之物象，主观情感含而不露，让读者从字里行间品味出含蓄的愁绪。

宋祁

宋祁（公元998年—1061年），字子京，祖居安陆（今属湖北省），徙居雍丘（今河南省杞县）。天圣二年（1024年）与兄庠同登进士第，奏名第一。章献太后以为弟不可高于兄，乃擢庠为第一，将祁名列第十，号称“大小宋”。累官至工部尚书、翰林学士承旨等。曾参与修撰《新唐书》，著有《宋景文公集》。他以《木兰花》（又名《玉楼春》）词中“红杏枝头春意闹”句享誉词坛，人称“红杏尚书”。

宋词 木兰花·春景

东城渐觉风光好，縠皱波纹迎客棹①。绿杨烟外晓寒轻，红杏枝头春意闹。

浮生长恨欢娱少，肯爱千金轻一笑②。为君持酒劝斜阳，且向花间留晚照③。

〔字词解释〕

①縠皱：绉纱似的波纹。②肯爱千金轻一笑：这句话是说怎么会因为爱惜钱财而轻视欢乐的生活呢。千金一笑，典出《艺文类聚》：“酒酣乐中，美人进以承宴，调欢欣以解容。四顾百万，一笑千金。”后人多用“一笑千金”形容歌姬舞女娇美的形象与动人的笑容。③且向花间留晚照：化用李商隐《写意》诗“日向花间留返照”句。

译文

春色先到城东，那里渐渐让人感觉到风光更加美好，湖面漾起皱纱似的波纹，游船早到。柳烟和着拂晓的寒气在四处弥漫，而红艳的杏花在枝头招展，春意盎然。

人生难得有这些欢娱时刻，哪个人会吝惜千金却轻视美人的嫣然一笑！为你持酒盏先去劝说西斜的夕阳，不管怎么样，要给聚会的好友们在百花丛中留下一抹晚霞夕照。

精品赏析

此词上片从游湖写起，起首一句泛写春光明媚。第二句以拟人化手法，将水波写得生动、亲切而又富于灵性。而“闹”字尤为传神，《人间词话》谓“著一闹字而境界全出”，它运用通感的手法，将视觉印象变成听觉感受，将繁丽的春色点染得十分生动。宋祁因此词被称为“红杏枝头春意闹尚书”。

词人下片则一反上片的明艳色彩，道人生如梦，匆匆即逝，所以应及时行乐，要不惜千金为一笑，莫辜负青春美景。

这首词章法井然，开阖自如，把词人执著人生、注重人生品质的情怀抒写得淋漓尽致。

欧阳修

欧阳修(1007年—1072年)，字永叔，号醉翁，晚号六一居士。吉州永丰(今属江西省)人，天圣八年(1030年)进士。官至枢密副使、参知政事。曾参与修撰《新唐书》《新五代史》。他是北宋诗文革新运动的倡导者，属于"唐宋八大家"之一。他的门生尽是名士，王安石、曾巩及苏洵、苏轼、苏辙等都得其举荐与指导。词集有《六一词》《近体乐府》《醉翁琴趣外编》等。

宋词

采桑子①

群芳过后西湖好，狼藉②残红。飞絮濛濛。
垂柳阑干③尽日风。
笙歌④散尽游人去，始觉春空。垂下帘栊。
双燕归来细雨中。

〔字词解释〕

①唐教坊曲名。②狼藉：纵横散乱的样子。③阑干：用竹、木、金属等制成的遮拦物。④笙(shēng)歌：欢歌宴饮。

译文

暮春时节百花凋谢，西湖的风光依然是美不胜收，红花残落点点，柳絮迷迷蒙蒙，湖栏外的垂柳摇曳多姿，春风吹动，轻拂水面。

笙箫歌舞停歇，游人尽兴散去，然后才顿觉一片空寂安谧。没用多久，细雨朦胧而来，家燕已双双归来，风景又是一番不同。

精品赏析

这首词是欧阳修致仕后在隐居颍州西湖时作的。词人在暮春时节依栏观湖，对暮春美景赞不绝口，寄托了他的闲适之情。词人对西湖清空幽寂的春末美景非常喜爱，对大自然和现实人生的美好无比眷恋和热爱。上片写暮春之景，热闹温情，下片写游人散去后，细雨双燕归来，感情含蓄，情境优美。

踏莎行

宋词

候馆梅残①，溪桥柳细，草薰风暖摇征辔②。离愁渐远渐无穷，迢迢不断如春水。

寸寸柔肠，盈盈粉泪，楼高莫近危阑倚。平芜尽处是春山③，行人更在春山外。

〔**字词解释**〕

①候馆：原指可以登高望远的楼。这里是指旅舍。②草薰：青草发出香气。江淹《别赋》："闺中风暖，陌上草薰。"李善注："薰，香气也。"征辔（pèi）：原意是马的缰绳。此处指代马。③平芜（wú）：草木丛生的平旷原野。

译文

馆舍院子里的梅花已经凋残，小溪桥边的柳树枝条新发，迎风飞舞。微风吹香青草，摇动游人的马上辔头。天涯无边，游人的足迹离家也渐渐遥远，而愁绪也越来越浓，这无边的愁绪就像一路奔腾的春水无法断绝。

她在远方牵肠挂肚，千回百转，泪流不绝。不要去登楼望远，不要凭倚高栏，因所见情景只会令人伤感。眼前平野上看到的是春山，而那位心里放不下的人，却在春山更远的地方。

精品赏析

这首词写的是早春时节的离别相思之苦。词的上片写远行人在旅途的离愁，下片写女子在家等候的离愁，两地相思苦，离愁别恨长。此词是欧阳修深婉词风的代表作。上片“离愁渐远渐无穷，迢迢不断如春水”两句，是全词之眼，将不断的春水比喻成无穷的离愁，化抽象为具象，贴切而具体。

下片手法奇妙，视角独特，以行者想象在家的闺中人思念行人的情景，感人可信，情真意切。词人借景写情，以春景叹离愁，手法和感情都具有穿透力。这首词题材常见，但手法奇妙，意境优美，读来令人神往。

宋词

诉衷情[1]·眉意

清晨帘幕卷轻霜，呵手试梅妆[2]。都缘自有离恨，故画作远山[3]长。

思往事，惜流芳[4]。易成伤。拟歌先敛，欲笑还颦[5]，最断人肠。

〔**字词解释**〕

①唐教坊曲名。《诉衷情》又名《桃花水》。②梅妆：南朝宋武帝女寿阳公主无意中额上作梅花妆，宫女争相仿效。③远山：指眉。《西京杂记》：“文君姣好，眉色如望远山。”④流芳：流光，好时光。⑤颦（pín）：皱眉。

译文

清晨的霜气轻薄，我卷起帘子和帷帐，开始梳妆。呵暖双手，着意地描画着梅花样的新妆。都因为内心深藏着别愁别恨，故而把眉梢画得长长。

回想起前尘旧事，感叹着飞逝的时光。原本脆弱的内心极其容易受到创伤。拨响琴弦之前，内心先阵阵收紧。想要笑时，那秀眉又双双攒蹙，这楚楚的风情，真让人为她断肠。

精品赏析

这首词着意描绘女子的离愁别恨，淡远悠长。这首词以形传神，从人物的外貌转而深入其内心世界，通过描写一位歌女的生活片断，在冬日的清晨起床梳妆时的生活情景，为我们描述了歌女们痛苦烦闷的内心世界。

上片点题，交待环境时令和人物心境，奠定了这首词的感情基调。首二句以素描手法勾勒出一幅图画：主人公于冬日凌晨临镜梳妆，用心梳画，在额上涂出梅状的五色花朵。“帘幕卷”，暗示她早早地就起床了；轻霜，显示天气微寒；因微寒而呵手，可想见她的娇怯；梅妆，是一种美妆，始于南朝宋寿阳公主；试梅妆，谓试着描画梅花妆。“都缘自有离恨，故画作远山长。”讲述她原本有无限的离愁别恨，因此把眉画得像远山一样修长。读者从歌女一番对镜梳妆、顾影自怜的举动中，尤其是从她描眉作“远山长”当中，可以窥见她内心的凄苦和对爱情的渴望。

下片极其成功地进行了心理刻画，将歌女内心的凄苦和悲凉表达出来。首三句写她追忆往事，哀叹自己芳年易逝，内心无限伤感。此三句，寥寥数语便道出了女主人公对于自身命运不能自主而只得让美好年华虚度在陪人欢笑上的痛楚。最后三句，将女主人公“拟歌先敛”强颜欢笑的情态活灵活现地描绘出来，以此表现出歌女无法获得幸福生活甚至要为生计被迫卖唱的痛苦心情。末句“最断人肠”隐含着作者的同情，语简意深，十分传神。

蝶恋花

宋词

庭院深深深几许？杨柳堆烟，帘幕无重数，
玉勒雕鞍游冶处。楼高不见章台路[①]。
雨横风狂三月暮[②]。门掩黄昏，无计留春住。
泪眼问花花不语，乱红飞过秋千去[③]。

〔字词解释〕

①章台路：汉朝长安有章台街，歌妓居之。后人因以章台为歌妓聚居之地。②雨横(hèng)：形容雨下得猛烈。③泪眼问花花不语：这是欧阳修化用唐严恽《惜花》的诗句："春光冉冉归何处，更向花前把一杯。尽日问花花不语，为谁零落为谁开。"

译文

庭院深深，可是到底有多深？杨柳成烟，重重帘幕数不清有多少层。豪华的车马穿梭而行，她登楼极目望去，却始终看不见那通向章台的路。

暮春时节，三月春雨磅礴而来，就算是重重高门将黄昏景色掩住，也无法留住半点春意。眼里泪水止不住，问花是否知道我的心意，花儿没有作答，只是零零落落凋谢，然后飞到秋千的后边。

精品赏析

这首词是描写闺中少妇的伤春之情，上片写深闺寂寞，思念意中人而不得见，下片写美人迟暮，幽恨怨愤不能消解。写景状物，虚实相融，含蓄委婉，对少妇心理刻画十分传神。上片开头就叠用三个"深"字，写出其遭封锁，形同囚居，叹息闺阁之幽深封闭，不能见到自己的意中人。下片"门掩黄昏"四句喻青春空逝，人生易老。主人公含泪问花，但是"乱红飞过秋千去"，词人用环境描写和烘托人物思绪的笔法，曲折委婉，暗示了主人公苦闷、绝望的心境。

蝶恋花

谁道闲情抛弃久。每到春来，惆怅还依旧。
日日花前常病酒①。不辞镜里朱颜瘦。
河畔青芜②堤上柳。为问新愁，何事年年有。
独立小桥风满袖。平林新月人归后。

〔字词解释〕

①病酒：醉酒。《世说新语·任诞》："刘伶病酒，渴甚，从妇求酒。"②青芜（wú）：茂盛的草地。杜甫《徐步》诗："整履步青芜，荒庭日欲晡。"

译文

谁能说我早把闲愁抛弃许久！如果是真的，那为什么春暖花开的时节，我的心中仍然是缠绵无尽的忧愁。为了甩开这恼人的苦闷，我每天都在花前痛饮美酒，大醉而不能休，哪管那铜镜中的青春悄悄流走，人已经变得憔悴消瘦。

那长在河边的青草还有河堤上的柳，我一直捉摸不透，那剪不断的新愁何必年年涌上心头？独立在小桥边，轻风拂动着宽大的衣袖，面对那平旷的丛林，仰首一望，新月如钩，已经到了黄昏时候。

精品赏析

这首词表达的是闲情的苦恼，由于自己的苦闷无法解脱，所以用独特的笔法写尽了一个"愁"字。前半片写年轻人的春愁。愁几乎无处不在，赏花有愁，举杯有愁，对镜也有愁，愁绪不能消止。表现了在情感方面欲抛不能的一种盘旋郁结的痛苦。讲述了主人公不能消停的愁苦。以下各句所写均由此生发而出，故此句有笼罩全篇之效。然后作者写春来闲愁依旧，即使身形消瘦也要饮酒来打发闲愁。词的后半片还是写愁，不过是从家里扩展到野外，河畔青草、堤上绿柳蒙上了愁，天色薄暮也很容易引发愁情，一人独立小桥还在品味着愁。下片前后均是景语，中间两句是情语，前后的写景是为了增添色彩，而见到青草绿柳，又增新愁，故独立小桥望月，任凭春风吹拂。全词抒发了情感交织的愁闷，徘徊在心，由此产生了对韶光易逝、人生苦短的慨叹，回环荡气，绵绵不休。

浪淘沙①

把酒祝东风，且共从容②。垂杨紫陌③洛城东。
总是当时携手处，游遍芳丛④。
聚散苦匆匆，此恨无穷。今年花胜去年红。
可惜明年花更好，知与谁同。

〔字词解释〕

①浪淘沙，唐教坊曲名。这是一首伤时惜别之作。②“把酒”二句：唐司空图有一首《酒泉子》词，词中有“黄昏把酒祝东风，且从容”。此化用其句。从容，盘桓流连。③紫陌：大路，这里指京城郊外的道路。刘禹锡有诗云：“紫陌红尘拂面来，无人不道看花回。”④芳丛：花丛。

译文

我端起酒杯，向春天和东风敬酒，也希望你能和我再多喝几杯。还记得吗，还是这繁华的洛城之东，宽阔的街道两旁垂柳依依。去年此时，我和你携手游玩。

人们总是苦于聚散太匆匆，离别愁绪无穷无止。今年的花儿比去年的还要美丽，也许明年的花儿会更漂亮，可是空有美景，谁和我一同欣赏呢？

精品赏析

这首词是欧阳修在与友人梅尧臣重游洛阳城东旧地时有感而作。词人在上片追忆昔时与友人欢聚的美好时光，把酒赏花，共祝东风，潇洒轩昂。下片感叹与朋友别后的无限离恨。其用“今年花胜去年红，可惜明年花更好，知与谁同”作结。浓重的孤寂萧条之感，使人心生伤情。

木兰花

别后不知君远近。触目凄凉多少闷。渐行渐远渐无书，水阔鱼沉①何处问？

夜深风竹敲秋韵②。万叶千声皆是恨。故敧单枕梦中寻，梦又不成灯又烬③。

〔字词解释〕

①鱼沉：意谓没有信使来。②秋韵：即秋声。庾信《咏画屏风诗》之十一："急节迎秋韵，新声入手调。"③烬（jìn）：化成灰烬。

译文

自从上次分别之后就无法探知你的音讯行踪，满目凄凉，有谁知道我内心竟是这么苦闷！你愈行愈远，连一封书信也没有捎来，你我相隔千里万里，你的消息我何从探问？

夜深，风儿吹动竹叶飒飒，声声含韵，可是这声音却是我内心倾吐的苦与恨。斜倚绣枕，渴望着与你梦中相逢，谁知道梦不成，灯又燃尽。

精品赏析

这首词描绘的是闺中思妇深沉凄婉的离愁别恨。上片写别后音讯渐无，心中顿生牵念，因而触目生愁。下片写夜不成寐，梦难成，而灯已烬，凄苦至极。

浣溪沙

堤上游人逐画船，拍堤春水四垂天。绿杨楼外出秋千①。

白发戴花君莫笑，六幺②催拍盏频传。人事何处似尊③前。

〔字词解释〕

①绿杨楼外出秋千：吴曾《能改斋漫录》卷八记载“王摩诘《寒食城东即事》诗云：‘蹴踘屡过飞鸟上，秋千竞出垂杨里。’欧公用‘出’字盖本此”。②六幺：曲调名，即“绿腰”，节奏急促。③尊：同“樽(zūn)”。酒杯。

译文

河堤上游人如织，游船相互追逐，气氛看起来很是热闹；湖上，画船轻漾，春水连天。好一幅踏青赏春的图画！然而，这图画的点睛之处，却不在堤上、湖上，而在湖岸边、院墙内、高楼下。而在那绿杨丛隐约可见的秋千儿还有秋千上荡漾的笑声，才是春天气息最浓厚的地方。

我把一只小花戴在头上，也顾不得有谁在窃笑了，让丝竹繁奏，将酒杯频传。这繁杂的人事怎么会比得上酒宴欢乐呢！

精品赏析

此词写春景，语言清丽质朴，气氛欢快而热闹，将作者春日载舟颍州西湖上的所见所感形诸笔端。词的上片描摹明媚秀丽的春景和众多游人的欢娱，下片写作者画舫中宴饮的情况，抒情明快。意境疏放清旷，婉曲蕴藉，意在言外，别有意趣。

此词也表现了欧阳修与民同乐的情怀，春天莅临，也让词人忘却了人间的烦恼，所以他愿在春醪中沉醉，一如他的雅号“醉翁”。《蓼园词评》评论说：“第一阕写世上儿女多少得意欢娱，第二阕写老成意趣自在众人喧嚣之外，末句写无限凄怆沉郁，妙在含蓄不尽。”

生查子·元夕

去年元夜时[1]，花市灯如昼。月上柳梢头，人约黄昏后。

今年元夜时，月与灯依旧。不见去年人，泪满春衫袖。

〔字词解释〕

①元夜：正月十五日元宵节之夜。各地都有元夜观灯的习俗，场面热闹非凡。

译文

去年元宵夜的时候，花市上灯光明亮跟白天一样。我与佳人相约，在黄昏之后、月上柳梢的时候相见。

今年元宵夜，月光与灯光明亮依旧。可是去年的佳人不在眼前，不知不觉眼泪湿透了春衫的袖子。

精品赏析

这首词描写的是恋情之思，题材平常。但是语言简洁明快，三言两语就写出了物是人非的感慨，很能引起人们的共鸣，而“月上柳梢头，人约黄昏后”也成为千古名句，至今传唱。

韩缜

韩缜(1019年—1097年)，字玉汝，雍丘(今河南杞县)人。庆历二年(1042年)进士，官至尚书右仆射、兼中书侍郎。现存《凤箫吟》词一首，借芳草以唱留别，名动天下。

宋词 凤箫吟①

锁离愁，连绵无际，来时陌上初熏②。绣帏人念远，暗垂珠泪，泣送征轮③。长亭长在眼，更重重、远水孤云。但望极楼高，尽日目断王孙④。

消魂。池塘别后，曾行处、绿妒轻裙。恁时携素手⑤，乱花飞絮里，缓步香茵。朱颜空自改，向年年、芳意长新。遍绿野，嬉游醉眠，莫负青春。

〔字词解释〕

①凤箫吟又名《凤楼吟》《芳草》。②陌上：田间的小路上。熏：同“薰”，指草散发香气。③征轮：远行人乘坐的车子。④王孙：一种草，王孙草。⑤恁(rèn)时：那时。

译文

陌上芳草萋萋传香，游子闻到了那熟悉的香气；将别离和连绵无际的碧草联想在一起，于是离愁又泛上心头。相逢又远离，闺中人暗暗垂泪，泪珠晶莹如碧草上的露珠，目送远去的车轮含泪而别，漫漫征途上，青草相伴随行，令游子感怀伤心；山水又重重，自己的漂泊身影就像天边的一片孤云。登楼望远，总想看到游子的身影，可是只见绿草如茵。

默然销魂！想起一起在池塘边游玩，她的罗裙轻拂，连碧草都生妒心。

那时候，携着她白皙的纤手，在花开柳絮飞的时节，漫步于如茵绿毯中，两情长依依。年华渐老，而年年草绿花新。等到春回大地的时候，还须放怀宴游，醉眠芳草地，不要真的辜负了这美好的青春！

精品赏析

此词借咏芳草以寄托别离情绪。全词以芳草为中心，表面上没有使用“草”的字眼，但是“连绵无际”“陌上”“长亭”“王孙”“绿野”等词，都是在写草，将离情幻化为无处不在的芳草，更动人心魄。芳草越是生机勃勃，词人的心绪越萧瑟凄凉。最后两句表达了词人美好的心愿，希望回去，不愿辜负大好青春。

王安石

王安石（1021 年—1086 年），字介甫，号半山，抚州临川（今属江西省）人。“唐宋八大家”之一。庆历二年（1042 年）进士。神宗朝，召为翰林学士兼侍讲；熙宁二年（1069 年）除参知政事，次年拜相，在神宗的支持下推行变法革新。但是因为用人不当和皇帝决心动摇，在一片声讨中罢相，变法最终失败。晚年退居江宁，潜心于学术。曾封荆国公，故世称王荆公。他的散文简洁明快，精于说理；写词虽然不多，但是都很精彩，与五代以来绮靡词风截然不同。

宋词

桂枝香[1]

登临送目[2]。正故国晚秋[3]，天气初肃[4]。千里澄江似练[5]，翠峰如簇。归帆去棹残阳里[6]，背西风、酒旗斜矗。彩舟云淡，星河鹭起[7]，画图难足。

念往昔、繁华竞逐。叹门外楼头[8]，悲恨相续[9]。千古凭高，对此谩嗟荣辱。六朝旧事随流水[10]，但寒烟、衰草凝绿。至今商女，时时犹唱，《后庭》遗曲[11]。

〔字词解释〕

①词牌名，始于五代，又名《疏帘淡月》。②送目：注视。③故国：旧朝国都。指金陵，今江苏南京。④肃：肃杀。形容秋高气爽。⑤千里澄江似练：化用谢朓《晚登三山还望京邑》诗句：“余霞散成绮，澄江静如练。”⑥棹：船桨。归帆去棹，指代来往的所有船只。⑦星河：银河。此处比喻长江。⑧门外楼头：语本杜牧《台城曲》诗“门外韩擒虎，楼头张丽华”，这里指隋将灭陈的故事，揭示六朝灭亡的原因。⑨悲恨相续：指南朝各朝代相继灭亡。⑩六朝：指东吴、东晋、宋、齐、梁、陈。⑪《后庭》遗曲：陈后主作《玉树后庭花》曲，其词靡

丽哀切，陈亡后，后人称之为“亡国之音”。杜牧《夜泊秦淮》诗有“商女不知亡国恨，隔江犹唱后庭花”句。

译文

登上高楼凭栏远望，金陵正是晚秋时节，天气渐渐转入萧索。千里奔流不休的长江白如银练，青翠的山峰峭拔就像一束束的箭簇。江上的大小船只帆张桨开驶向夕阳里，西风催动，酒旗风中招摇。彩绘的画船出没，沙洲的白鹭来来去去，这样的景色就是用最美的图画也难把它画足。

追忆往昔，奢华淫逸的生活公侯们互相竞逐，可叹“门外韩擒虎，楼头张丽华”的亡国故事不断上演。千古以来像我这样的人每次凭栏遥望，无不感慨历史上的得失荣辱。六朝的兴亡故事全都消逝，也只有那郊外的烟柳和衰萎的野草尚存一点苍绿。歌女们不知道这些亡国忧恨，现在还唱着《后庭》遗曲。

精品赏析

这首词是王安石失意无聊之时怡情于自然风光、从山水中感悟而作。

全词开门见山，词人游览南朝古都金陵胜地，临江揽胜，凭高吊古。上片用描绘风景，以“彩舟云淡”描写日落之江天，以“星河鹭起”描摹夕夜之洲渚。色彩明丽。

下片感叹六朝荒淫亡国，千古悲恨荣辱，只能让后人凭吊论说，简净有力。并套用杜牧诗句：“商女不知亡国恨，隔江犹唱《后庭花》！”无限嗟叹之意，难以言说。

苏轼

苏轼(1037 年—1101 年)，字子瞻，号东坡居士，眉山(今四川省眉山市)人。与其父苏洵、其弟苏辙并称“三苏”，同属“唐宋八大家”之列。嘉祐二年(1057 年)进士，被贬在外多年，并经历了一场“乌台诗案”，险些丧命。元丰二年(1079 年)苏轼出狱后被贬为黄州团练副使。后被召回中枢，任翰林学士、知制诰。元祐四年(1089 年)出知杭州，转知颍州、扬州；元祐七年(1092 年)再召回京，历任礼部尚书、兵部尚书。其后又被贬。苏轼一生仕途坎坷，但是他才华横溢，在诗文词赋、书法绘画诸多方面都取得了辉煌成就，诗词风格多样，题材广泛，个性鲜明，超凡脱俗。是宋词的一代宗师。

宋词

水调歌头[1]

丙辰中秋，欢饮达旦，大醉。作此篇，兼怀子由[2]。

明月几时有[3]，把酒问青天。不知天上宫阙，今夕是何年[4]？我欲乘风归去，又恐琼楼玉宇[5]，高处不胜寒。起舞弄清影，何似在人间！

转朱阁，低绮户[6]，照无眠。不应有恨，何事长向别时圆。人有悲欢离合，月有阴晴圆缺，此事古难全。但愿人长久，千里共婵娟[7]。

〔字词解释〕

①水调歌头，隋唐时曲名。②丙辰中秋：宋神宗熙宁九年(1076 年)八月十五日。子由：作者之弟苏辙，字子由。③明月几时有：借用李白《把酒问月》“青天有月来几时？我今停杯一问之”诗意化成此句。④不知天上宫阙，今夕是何年：天上宫阙，天上的宫殿，也可以指月宫。⑤琼楼玉宇：诗人想象月宫中晶莹瑰丽、富丽堂皇的楼台殿阁。⑥低绮户：月光移入彩绘雕花的门窗。⑦婵娟：指代明月。最后两句化用谢庄《月赋》“隔千里兮共明月”句。

译文

丙辰年的中秋节，大家高兴地喝酒一直到第二天早晨，我也喝到大醉，那时候写了这首词，同时思念弟弟苏辙。

这样美丽的月亮从什么时候才开始出现的？我端起酒杯来问苍天。不知道在天上的宫殿，今天晚上属于哪一年。我想要乘清风回到天上，又怕受不住高耸九天的琼楼冷气而放弃了。我看着自己的月下清影随风起舞，其实月宫怎比得上在人间自在。

月光转过朱红色的楼阁，低低地照进窗子里，照得我睡意全无。明月不该对人们有什么旧怨，可是为什么总在人们离别时才圆呢？算了，人有悲欢离合，月有阴晴圆缺，这种事自古来难以齐全。只有祈祷世上所有人的亲人能平安健康，即使相隔千里，也能共同欣赏这美好的月光。

精品赏析

这是一首广为传颂、最为脍炙人口的中秋望月怀人词，宋胡仔《苕溪渔隐丛话》后集卷三十九："中秋词，自东坡《水调歌头》一出，余词尽废。"这首词代表了所有中国人的共同心愿，即千年以来中国人渴望与亲人团圆的思想感情。

在这首词中，词人表达了对胞弟苏辙的无限怀念。词人运用形象描绘手法，上片表现词人矛盾的思想活动，词人在出世入世间徘徊；下片化景物为情思，表达了词人对人世间悲欢离合的感悟和祝福，侧重写人间。词人俯仰古今变迁，感慨人世沉浮，揭示了睿智的宇宙观、人生观。

念奴娇[①]·赤壁怀古[②]

宋词

大江东去，浪淘尽、千古风流人物。故垒西边，人道是、三国周郎[③]赤壁。乱石穿空，惊涛拍岸，卷起千堆雪。江山如画，一时多少豪杰！

遥想公瑾当年，小乔初嫁了[④]，雄姿英发[⑤]。

羽扇纶巾⑥，谈笑间、樯橹灰飞烟灭。故国神游⑦，多情应笑我，早生华发。人生如梦，一樽还酹江月⑧。

〔字词解释〕

①唐时曲牌名。②赤壁怀古：这首词是宋神宗元丰五年（1082 年）七月在黄州（今湖北省黄冈市）游赤壁矶后作的。③周郎：三国时吴将周瑜，字公瑾。吴主孙策授以“建威中郎将”时年仅二十四岁，吴中呼为周郎。④小乔：据《三国志》说，周瑜跟着孙策攻皖，得乔公二女，都是国色天香的人物。策自纳大乔，瑜纳小乔。⑤英发：神采焕发。⑥羽扇纶（guān）巾：当时儒士风雅人物流行头戴葛布制作的头巾，手摇着白色羽毛扇，潇洒从容。这里指周瑜。⑦神游：心神向往，如亲游其境。⑧酹：洒酒于地，用于祭奠仪式。

译文

长江浩荡，朝东长流不息，千百年来，多少英雄豪杰的丰功伟绩都被滚滚的波浪淹没无余。那旧营垒的西边，有人说是三国时周郎大破曹兵的赤壁战场。峭拔石壁插入天空，巨浪拍打着两岸，浪花犹似千堆雪。江山如画一般美妙，那个时期该有多少英雄豪杰群起争雄啊！

遥想当年的周公瑾，小乔刚刚嫁给了他，姿态雄峻英气逼人。手里拿着羽毛扇，头戴帛巾，指挥若定，谈笑之间，曹操的无数战船化为烟尘灰烬。神游古战场，有人看到我这样子，大概会笑我太多愁善感了，所以这么早生出了白发。人的一生就像一场大梦，还是把一杯酒献给江上的明月，和我同饮共醉吧！

精品赏析

这首词是元丰五年（1082 年）七月苏轼谪居黄州时作。上片咏赤壁的江山雄壮，下片怀周瑜的建功立业，最后以自身感慨作结。这首词起笔就很有气势，“大江东去，浪淘尽、千古风流人物”。意境壮阔，将风景、人物、历史融合一处，在追忆周瑜雄姿英发和豪迈风流之后，感慨自己早生华发、大好年华流逝难返。这首怀古词兼有感奋和感伤两重色彩，江山形胜和英雄的风流功绩，气象凌厉、声势夺人，成为苏轼豪放词的代表作。

水龙吟[①] · 次韵章质夫杨花词[②]

宋词

似花还似非花，也无人惜从教坠。抛家傍路，思量却是，无情有思[③]。萦损柔肠，困酣娇眼，欲开还闭。梦随风万里，寻郎去处，又还被、莺呼起[④]。

不恨此花飞尽，恨西园、落红难缀。晓来雨过，遗踪何在，一池萍碎[⑤]。春色三分，二分尘土，一分流水。细看来，不是杨花，点点是离人泪。

〔字词解释〕

①调名取自李白诗《宫中行乐词八首》其三："笛奏龙吟水，箫鸣凤下空。"《词谱》以苏轼这首词为正调。这是东坡少有的婉约风格的咏物词作。词人借暮春之际"抛家傍路"的杨花，化"无情"之花为"有思"之人，"直是言情，非复赋物"，幽怨缠绵而又空灵飞动地抒写了带有普遍性的离愁。王国维《人间词话》："咏物之词，自以东坡《水龙吟》为最工。"②章质夫：名楶(jié)，字质夫，浦城(今属福建省)人。曾作《水龙吟》咏杨花，苏轼依章词原韵唱和，故称"次韵"。③无情有思：前代诗人，有的说杨花无情，如韩愈《晓春》诗"杨花榆荚无才思"。有的说杨花有情，如杜甫《白丝行》诗"落絮游丝亦有情"。④"梦随"三句：唐金昌绪《春怨》"打起黄莺儿，莫教枝上啼。啼时惊妾梦，不得到辽西"句意相似。⑤萍碎：苏轼自注："杨花落水为浮萍，验之信然。"此说并无科学根据，是词人的误解。

译文

杨花有花一般的绚烂，却又不像是花，还没有人怜惜，任由其飘拂坠落。离开了树枝，飘荡在路旁，看起来是无情物，细想却荡漾着情思。愁情萦绕，损伤了百折柔肠，困顿蒙眬的娇眼，刚要睁开又想闭。正如那思妇梦中行万里，本想寻夫去处，一阵黄莺啼声传来，又被惊唤而起。

我不怪罪杨花落尽，只是怨恨那西园的落花再难重新缀上高枝。早晨一阵风雨，杨花踪迹何处寻？那一池的浮萍，都被雨水打碎。满园春色分三成，两成变尘土，一成随流水。仔细观察，那里怎会是杨花，点点都是满含离愁之人的眼泪。

精品赏析

苏轼虽是北宋豪放词派的先驱，但是他的词作风格多变，而这首词就是属于婉约风格的。单从咏杨花来说，这词无可挑剔，并且结合了当时作者的心境和一些坎坷经历，反而觉得此文隐藏的感情更为浓厚。当时，苏东坡贬谪黄州，心情落寞，文中的泪，正是他当时心情的写照。从中可以看出，他在这首词中将自己比作怨妇，朝廷就是他的郎。他仍盼望朝廷能再次起用他，对仕途仍然没有彻底绝望。这符合古代文人学而优则仕，为官入朝，实现自己的理想、抱负，同时光宗耀祖的传统思想。词人并没有选择沉沦，而是依然进取，并没有把功名看成粪土，但是事实上年华如流水，岁月漫蹉跎，在黄州的日子他的感悟要超出以前更多。

宋词 卜算子[1]·黄州定惠院寓居作[2]

缺月挂疏桐，漏断人初静[3]。谁见幽人独往来[4]，飘缈孤鸿影。

惊起却回头，有恨无人省。拣尽寒枝不肯栖，寂寞沙洲冷。

〔字词解释〕

①卜算子，词牌名。又名百尺楼、楚天遥。词中借孤鸿这一形象托物言志，表达了词人孤高自许的心境。黄庭坚评曰："语意高妙，似非吃烟火食人语，非胸中有万卷书，笔下无一点尘俗气，孰能至此！"②黄州：今湖北省黄冈市。③漏断：意思是夜已深。④幽人：隐居之人。

译文

残月挂在稀疏的梧桐枝上，夜更深了，人声响基本没有了。这时候没有人看见幽居人独自往来徘徊，此外还有缥缈高飞的孤雁。

孤鸿突然惊起匆匆回头，心里有恨却无人能明白。它飞遍了寒冷的树枝终究不肯轻易栖息其上，最后甘愿躲到寂寞的沙洲中继续受冻挨饿。

精品赏析

据考证，这首词是元丰五年（1082年）十二月苏轼初贬黄州时写的。当时词人寓居定慧院，经历了"乌台诗狱"案后，词人心志坚定，仍然不肯与奸佞同流。词中借月夜孤鸿这一形象托物寓怀，表达了词人孤高自许、蔑视奸臣流俗的心境。选景、叙事简约凝练，意境空灵飞动，含蓄蕴藉。

永遇乐[1]

宋词

彭城夜宿燕子楼[2]，梦盼盼，因作此词。

明月如霜，好风如水，清景无限。曲港跳鱼，圆荷泻露，寂寞无人见。紞[3]如三鼓，铿然[4]一叶，黯黯梦云[5]惊断。夜茫茫，重寻无处，觉来小园行遍。

天涯倦客，山中归路，望断故园心眼。燕子楼空，佳人何在，空锁楼中燕。古今如梦，何曾梦觉，但有旧欢新怨。异时对，黄楼[6]夜景，为余浩叹。

〔字词解释〕

①《锦绣万花谷》前集卷十七:“唐杜秘书，工于小词。邻翁有女，小字酥香，凡才人所为歌曲，悉能讽之。一夕，逾墙而至，杜始望不及此，邻翁失女所在。后半年，仆有过，杜笞之，窜而闻官，杜流河朔，临行述《永遇乐》一词诀别，女持纸三唱而死。”《锦绣万花谷》为南宋著作，其所云“杜秘书”则不知为唐代何时人物，若所述真实，则唐代当有《永遇乐》歌调。现在看到的最早的《永遇乐》词作见于柳永的《乐章集》。《词谱》以苏轼词为正体。②燕子楼：唐代尚书张愔侍妾关盼盼居处，在徐州（古彭城）。张死后，盼盼感念旧情，独居此楼十余年。③纨（dǎn）如：击鼓声。④铿（kēng）然：金石声。此喻树叶落地声。⑤梦云：指梦见盼盼。⑥黄楼：苏轼守徐州时，为治理黄河水患，在彭城东门堆黄土建成黄楼。

译文

夜晚住在徐州燕子楼，梦到了关盼盼，故作此词。

明月洁白如霜，清凉的好风如同清水一样习习吹来，夜景清新怡人，静谧得让人心醉。弯弯的水渠中，鱼儿跳出水面，圆圆的荷叶上，露珠随风落下。可是夜深人静，如此好的美景却无人欣赏。夜到三更，敲响的更鼓在夜空中反复回荡，一片树叶悄悄落到地上，轻音竟惊断了我的梦。苍茫夜色淹没了黄昏时美丽景象，我醒后在小园里找了又找，还是没有找到。

游子长期在外漂泊，而这山中的归路，也让他苦苦地思念着故土。燕子楼空空荡荡，佳人已经不在，空留着那双燕子在楼中的画堂。古今万事皆成空，还有几人能从梦中醒来，只有些怀念旧日情感，不禁惆怅长叹。

精品赏析

苏轼的这首《永遇乐》清丽脱俗，感情细腻而丰富，充满了哲理情思。这首词写于公元 1078 年（宋神宗元丰元年）苏轼任徐州知州时。在这首词的前面有一则小序:“彭城夜宿燕子楼，梦盼盼，因作此词。”从这里可以看出这首词的创作背景。

词人将景、情、理熔于一炉，围绕在燕子楼醒后所想所叹，层层生发，回味不绝。景为燕子楼之景，情则是燕子楼惊梦后的缠绵情思，理则是由燕子楼关盼盼情事所生发的“人生如梦如幻”的关于人生哲理的永恒追问。全词情景合一，情理交融，境界清幽，风格轻柔和婉，用典贴题，融化不涩，幽逸之怀与清幽之境相符相合，充分显示出苏轼造意行文的卓越不凡。

临江仙·夜归临皋①

夜饮东坡醒复醉，归来仿佛三更。家童鼻息已雷鸣。敲门都不应，倚杖听江声。

长恨此身非我有②，何时忘却营营③。夜阑风静縠纹④平。小舟从此逝，江海寄馀生⑤。

〔字词解释〕

①东坡黄州之贬第三年，深秋之夜于雪堂畅饮，大醉返归临皋。临皋，即临皋亭，乃长江边的一个水驿官亭，在黄州朝宗门外。作者元丰三年从定惠院移居于此。②长恨此身非我有：此借指做官的人不自由。③营营：为功名利禄奔波纷扰。④縠纹：指细微的水波。⑤馀生：即余生。

译文

夜深在东坡的寓室里醒了又醉，回来的时候好像已经三更。这时家里的童仆早就鼾声如雷。无论怎么敲门都不回应，只好独自靠着手杖倾听江水奔流的吼声。

经常遗憾这个躯体不属于我所有，什么时候能忘却为功名利禄奔走钻营！看看夜深了，风静江波坦平，不如就驾着小船从此消逝，泛游江河湖海寄托余生。

精品赏析

这首词作于苏轼被贬黄州的第三年。全词风格清旷而潇洒，词人表达了退避社会、厌弃世间的人生理想和生活态度，也有一些寻求解脱的出世理念。

定风波①

三月七日，沙湖道中遇雨②。雨具先去，同行皆狼狈，余独不觉。已而遂晴，故作此词。

莫听穿林打叶声。何妨吟啸且徐行③。竹杖芒鞋轻胜马④，谁怕？一蓑烟雨任平生。

料峭春风吹酒醒⑤，微冷，山头斜照却相迎。回首向来萧瑟处。归去。也无风雨也无晴。

〔字词解释〕

①定风波，词牌名。②沙湖：在湖北黄冈东南三十里，又名螺师店。③吟啸：边歌咏边呼啸，形容当时情态潇洒。④芒鞋：草鞋。⑤料峭（qiào）：形容春风还有些寒意。

译文

三月七日，在沙湖道上遭遇了下雨，大家都没带雨具，同行的人都觉得很狼狈，只有我不这么认为。没过了多久天晴了，于是就做了这首词。

不要去理会那穿林打叶的雨声，不妨一边吟咏长啸释放情怀，一边悠然地前行。竹杖和草鞋轻捷得更胜过马，风雨不算什么，一身蓑衣，足够风雨中度过一生。

略带寒意的春风吹尽酒意，寒气侵身，山头初晴的斜阳却对我们殷殷相迎。回头一看走过来风雨侵袭的地方，不管风雨天晴都一如往常。

精品赏析

这首《定风波·莫听穿林打叶声》作于苏轼被贬黄州后的第三个春天。它讲的是野外途中偶遇风雨这一生活中的小事，但是词人在简朴中见深意，于寻常处生哲理，表现出旷达超脱的胸襟，寄寓着超凡脱俗的人生理想。全词讲述了一种无喜无悲、胜败两忘的人生哲学，表现了词人旷达的胸襟和独到超然的领悟。

江城子[1]·乙卯正月二十日夜记梦[2]

十年生死两茫茫，不思量，自难忘。千里孤坟[3]，无处话凄凉。纵使相逢应不识，尘满面，鬓如霜[4]。

夜来幽梦忽还乡，小轩窗，正梳妆。相顾无言，惟有泪千行。料得年年肠断处，明月夜，短松冈。

〔字词解释〕

①江城子，词牌名，五代又名江神子、村意远、水晶帘等。②“乙卯正月”句：本篇为词人在密州悼念亡妻王弗所作。王弗，眉州人。十六岁嫁与苏轼，二十七岁时病亡。从王弗逝世（1065年）到作者作此词正好十年。③千里孤坟：此时词人在密州任职（今山东省诸城县），王弗葬于眉山东北（今四川省彭山县）苏洵夫妇墓旁，两地相距远不止千里。④鬓如霜：两鬓斑白如霜。

译文

两人一生一死，十年阴阳茫然隔绝。尽量不让自己去思念，却终究难以忘怀。妻子的孤坟远在千里，心中的凄凉悲伤终究没有地方可以倾诉。就算现在相逢也应该不会认识，因为我四处奔波，灰尘满面，鬓白如霜。

晚上做梦回到了家乡，只见妻子坐在小窗前对镜梳妆。两人相互对望，心里有千言万语却一句话也说不出来，只有以泪诉相思。我知道年年最让我痛欲断肠的地方，就是明月照耀下、栽满小松树的坟山上。

精品赏析

词人与爱侣生死别离已有多年，生者与死者虽然幽明永隔，但是对妻子的思念却从未断绝，始终存在。“不思量，自难忘”两句，看来平常，却出自肺腑，诚挚动人。

宋词

江城子·密州出猎

老夫[①]聊发少年狂，左牵黄，右擎苍[②]。锦帽貂裘[③]，千骑卷平冈。为报倾城随太守，亲射虎，看孙郎[④]。

酒酣胸胆尚[⑤]开张，鬓微霜，又何妨？持节云中，何日遣冯唐[⑥]？会[⑦]挽雕弓如满月，西北望，射天狼。

〔字词解释〕

①老夫：作者自称，时年四十。聊：姑且。②左牵黄，右擎苍：左手牵着黄狗，右臂擎着苍鹰，形容围猎的气势非凡。③锦帽貂裘：头戴着华美的帽子，身穿貂皮做的大衣。④孙郎：孙权，这里作者自喻。《三国志·吴志·孙权传》载：“二十三年十月，权将如吴，亲乘马射虎于凌亭，马为虎伤。权投以双戟，虎却废。常从张世，击以戈，获之。”这里以孙权喻太守，将孙权的典故移用至此。⑤尚：更。⑥持节云中，何日遣冯唐：朝廷什么时候派遣冯唐去云中郡赦免魏尚呢？典出《史记·冯唐列传》。汉文帝时，魏尚为云中太守。他爱惜士卒，匈奴畏惧。后来因为小事被削职。经冯唐为其辨白后，文帝就派冯唐“持节”去赦免魏尚。苏轼此时以魏尚自喻，希望能得到朝廷的信任和重用。⑦会：会当，将要。

译文

我姑且释放一下少年时打猎的豪情壮志，左手牵着黄犬，右臂擎着苍鹰，劲装出发，领着千骑的随从疾风般席卷平冈。为了报答满城的百姓跟随我出猎的好意，看我亲自射杀猛虎，豪情不逊于当年的孙权。

尽管我已经沉醉但壮怀豪情，头发白了一点又怎么样？我照样还是豪气犹在！什么时候皇帝会派人下来，赦免我的罪过？那样我将誓死报效，使尽力气拉开硬弓就像满月一样，朝着弓矢瞄向西北，奋勇击退西夏军队！

精品赏析

这首词以出猎开始，自始至终灌注着词人豪放的胸襟和威猛的气魄，词人利用巧妙的艺术构思，将出猎转化为渴望杀敌卫国的政治热情和英雄气概，充满爱国激情。这首词韵调铿锵，气势雄浑，感情奔放，意境雄厚开阔，是一首表现了作者豪放风格的力作。

青玉案[1]·和贺方回韵送伯固[2]归吴中故居

宋词

三年枕上吴中路。遣黄犬[3]、随君去。若到松江呼小渡。莫惊鸳鹭。四桥尽是，老子[4]经行处。

《辋川图》[5]上看春暮，常记高人右丞[6]句。作个归期天已许。春衫犹是，小蛮[7]针线，曾湿西湖雨。

〔字词解释〕

①这是一首赠别词。②贺方回：即词人贺铸。伯固：苏坚字伯固，苏轼族人。③黄犬：据《晋书》载，陆机有犬名黄耳，机在洛阳时，曾把书信系在它的脖子上，送至松江家中，并得回信。④老子：作者自称。宋人习用语，犹老夫。辛弃疾《水调歌头·和王正之吴江观雪见寄》词："老子旧游处，回首梦耶非。"⑤《辋川图》：王维隐居辋川别墅，曾在清凉寺绘《辋川图》。此指作者有归隐之意。⑥右丞：王维官尚书右丞。杜甫《解闷》："不见高人王右丞，蓝田丘壑漫寒藤。"⑦小蛮：白居易侍妾名。此指苏轼妾朝云。

译文

我们之间认识了有三年，三年的时间如同做梦一般。如今你要去吴中故园，我有心打发黄狗随你身边。以便来来往往把相互的音信递传。还有记得到松江渡口时招呼渡船的时候千万轻声，不要惊动那里的白鹭双鸳，因为它们都是我旧时相识。有名的四桥我都看遍，足迹遍布那里的水水山山。

现在我非常着迷王维的画作，那里的春天和王右丞的诗句一样清新美丽，那些美丽的山山水水。我又穿上那件春天的衫，衫上还有小蛮作的针线，西湖的雨点，曾沾湿过这件衫。

精品赏析

元祐四年到元祐六年，苏轼出任杭州太守，当时苏坚为其僚属。两人交情深厚，苏轼治理西湖而苏坚在其身边出力献策。三年之后，送别友人归“吴中”故乡，惜别之情难以自已。上阕写送别，苏轼巧用典故，借用陆机的黄耳犬表达自己的惜别之意。欲“遣黄犬”送信，寄达自己对友人的思念。苏轼认为这次友人返回家乡，也就可以摆脱仕宦之苦，可以同“鸳鹭”为伍，不再受仕途之累，在“松江”“四桥”间潇洒往来，自在生活。下阕设想友人隐逸故里的情景。友人将学习唐贤王维隐居“辋川”的做法，吟诗作乐，自由随意。结尾三句借用白居易的侍妾小蛮的典故，写当年在杭州共事的情景，在回味往事的快乐中从容结尾。

宋词

木兰花① ·次欧公②西湖韵

霜余已失长淮阔。空听潺潺清颍③咽。佳人犹唱醉翁词，四十三年如电抹④。

草头秋露流珠滑。三五盈盈还二八⑤。与余同是识翁人，惟有西湖波底月。

〔字词解释〕

①这首词是苏轼五十六岁时为怀念恩师欧阳修而作。②欧公：指欧阳修。欧阳修曾作一词《玉楼春》咏颍州西湖。③清颍：颍水。淮河支流，在今河南省。④四十三年：自欧阳修作《木兰花》至苏轼作此词，已相距四十三年。电抹：形容光阴飞逝。范成大《泛湖诗》：“一笑流光飞电抹，嫦娥相对两愁绝。”⑤三五：指每月十五。二八：指每月十六。

译文

深秋天色阴沉，长淮没有了往日的空阔，清清的颖水也像低声呜咽似的流淌。歌女还在唱着欧翁写的词，四十三年，人生就像闪电一样一闪而逝。

草叶上的露珠滑落，恰如人生一样短暂易逝。而美好的时光就像月亮一样，十五那晚还盈满圆圆，到了十六又缺了。谁同我一样是欧翁的相知？只有那漂映在西湖水波上的明月。

精品赏析

宋哲宗元祐六年八月，苏轼担任颍州太守，四十三年前欧阳修曾经担任此地长官，时光荏苒，这里还在流传着多篇欧阳修当年咏颍州西湖的歌词。欧阳修和苏轼的关系非比寻常，当年苏轼父子三人来到京师，欧阳修便热心提携，而后又成了苏轼科考的座师，非常欣赏苏轼。所以，当苏轼听到当地歌妓“犹唱醉翁词”，便有许多感慨。他感慨时光的流逝，表达了对欧阳修的深深怀念之情。

蝶恋花

宋词

花褪残红青杏小，燕子飞时，绿水人家绕。
枝上柳绵[①]吹又少，天涯何处无芳草！
墙里秋千墙外道，墙外行人，墙里佳人笑。
笑渐不闻声渐悄，多情却被无情恼[②]。

〔字词解释〕

①柳绵：柳絮。②多情：指墙外行人。无情：指墙里佳人。

译文

暮春时节，百花凋零，杏树之上已长出了小小的青涩果子。燕子飞掠，绿水长流，绕过寻常人家门前。柳枝上的柳絮被风吹得越来越少，可是不用担心，很快天涯各处就会再生出茂盛的芳草。

围墙里面有一位少女高兴地荡着秋千，她动听的笑声恰好被围墙之外的行人听到。没多久，墙里笑声不再，行人不知该如何是好，自己的多情为她的无情而苦恼。

精品赏析

此词是苏轼的杰作。词人寓意深刻，描写了暮春的景色和行人听不到墙里佳人的嬉笑声后的失落和烦恼。“天涯何处无芳草”可以引申出一种乐观旷达的人生态度。“多情却被无情恼”就是作者针对人生许多美好愿望不能实现时的感叹和伤情。

宋词

浣溪沙

游蕲水①清泉寺，寺临兰溪，溪水西流。

山下兰芽短浸②溪，松间沙路净无泥，潇潇③暮雨子规啼。

谁道人生无再少④？门前流水尚能西！休将白发⑤唱黄鸡⑥。

〔字词解释〕

①蕲(qí)水：县名，今湖北浠水县。②浸：泡在溪水中。③潇潇：象声词，形容雨声。④无再少：不能再回到青春年少的时光。⑤白发：老年。⑥唱黄鸡：感慨时光的流逝。

译文

游玩蕲水的清泉寺，寺在兰溪的旁边，溪水向西而去。

山脚下溪水中长着一丛兰芽，松林间的沙路很干净，傍晚，下起了小雨，布谷鸟的叫声将松林染绿。

谁说人生就不能再回到少年时光？门前的溪水还能向西流淌！珍惜现在的时光，不要到了年老体衰的时候感叹时光飞逝！

精品赏析

这首词写于词人远谪黄州时期。词人游看清泉寺，上片写清泉寺的风光，下片由景入情，表达了词人在逆境中的乐观向上的精神。

晏几道

晏几道（1038年—1110年），北宋词人。字叔原，号小山，北宋抚州临川县文港乡（今属南昌进贤）人。晏殊第七子。历任颍昌府许田镇监、乾宁军通判、开封府判官等。性孤傲，晚年家境中落。词风哀感缠绵、清壮顿挫。有《小山词》。

鹧鸪天[1]

彩袖[2]殷勤捧玉钟[3]，当年拚却[4]醉颜红。舞低杨柳楼心月[5]，歌尽桃花扇底风。

从别后，忆想逢，几回魂梦与君同[6]。今宵剩把[7]银釭[8]照，犹恐相逢是梦中。

〔字词解释〕

①词牌名，一名《思佳客》，一名《于中好》。②彩袖：彩色衣袖，代指穿彩衣的歌女。③玉钟：珍贵的酒杯。④拚（pàn）却：甘愿，不顾惜。却：语气助词。⑤舞低杨柳楼心月：意思是歌女舞姿曼妙，一直舞到挂在杨柳树梢照到楼心的一轮明月落了下去，从而说明了歌舞时间非常长。⑥同：在一起相守。⑦剩把：尽把。⑧银釭：银灯。釭（gāng）：灯。

译文

回忆当年往事，你手捧玉盅与我对饮，身影美丽而衣着光鲜；我举杯痛饮喝得醉醺醺的，看你纵情跳舞，直到楼顶月亮落下树梢；听你尽兴唱歌，直到桃花扇都觉得疲倦无力再也扇不来风。

自从与你分别后，多少次相逢不成，只好你我重逢在梦中。今夜果真再次喜相逢，挑灯细看，唯恐又是虚幻的梦境捉弄我。

精品赏析

这首词描写两个场景，上片追忆曾经美好的时光，下片说别后叙真情的情景。讲述了词人与久别佳人重逢时犹疑是梦的惊喜和追忆往事以诉别后的相思之情。上片写昔年的欢聚，下片写当今的重逢。词人总是在梦中才能与佳人再见一面，现在果真重逢，又不免疑真为梦，往昔只盼梦中相逢，现在又怕相逢只是梦，词人心情曲折深婉，可见重逢的难能可贵。

临江仙

宋词

梦后楼台高锁，酒醒帘幕低垂。去年春恨却来时，落花人独立，微雨燕双飞。

记得小蘋①初见，两重心字罗衣②。琵琶弦上说相思，当时明月在，曾照彩云归③。

〔字词解释〕

①小蘋：歌女名。②两重心字：指衣服上绣的双重“心”字形图案。③彩云归：指情人离去。

译文

梦醒时楼台孤寂，酒醒后但见珠帘低垂无语。去年春天离别的愁绪恰巧又在此时来了。花开花落我独自凝立，微微细雨里燕子双双飞。

记得与歌女小蘋初次见面，她穿着绣着两重心字香熏过的罗衣，看起来光鲜照人。通过琵琶的弹奏诉说出自己的情思。当时的明月仍在当空，而小蘋却已不见。

精品赏析

词人怀念一位自己心爱的歌女，以致长久不能忘怀。晏几道的词有深婉精美的艺术风格。一开始就用“高锁”“低垂”表现孤寂之境，表明“春恨”又来，说明伤春怀人是词人最为伤感的时候。下片说明词人怀念的女子是谁，其风姿让词人恋恋难忘，睹月思人，更加伤感。全篇由怀人之境之形，进而写所怀之人之事，情真意切、语言曲折深婉，让人感叹。

宋词

蝶恋花

梦入江南烟水路。行尽江南，不与离人遇。
睡里消魂无说处。觉来惆怅消魂误。
欲尽此情书尺素①。浮雁沉鱼②，终了无凭据。
却倚缓弦歌别绪。断肠移破秦筝③柱。

〔字词解释〕

①尺素：古人将书信写在尺许长的绢帛上，故以尺素代指书信。②浮雁沉鱼：古人认为鱼、雁能够传书，雁浮鱼沉，书信便无从传递。②移破：移遍。秦筝：古秦地所用的一种弦乐器。岑参《秦筝歌送外甥萧正归京》诗：“汝不闻秦筝声最苦，五色缠弦十三柱。”

译文

在梦境中进入了烟波蒙蒙的江南路，但是走遍江南也没有找到离别的情侣。睡梦里离情销魂无可诉说，梦醒来更觉惆怅，销魂离情将人误。

想要倾诉销魂离情就写封书信，高飞的雁儿深藏的鱼，借它们传书终无凭据，但是舒缓的琴弦唱出离别愁绪，为奏断肠悲曲，将秦筝的弦柱遍移。

精品赏析

此词上片写梦里相思。下片写醒后遣怀。全词语言清畅，情绪浓厚而抑扬顿挫，感人心怀。

开头三句，“梦入江南烟水路，行尽江南，不与离人遇”，在梦中游江南，梦中始终找不到离别的“心上人”。“行尽”之苦又反映思念之深，出于梦中的潜意识活动，深更可知。“烟水路”让江南的风景更显优美，上下句“江南”叠用，加深感情力量。

上片最后两句“睡里消魂无说处，觉来惆怅消魂误”，从梦境中挣脱出来，在梦中找不到“心上人”，心情萧索，无处排遣，于是觉得这“消魂”的误人。“消魂”二字，也是前后重叠；但重叠中又用反跌机势，递进一层，比“江南”一词的重叠，更为曲折，自然也就倍增绵邈。这样将梦中寻人、梦醒惆怅组合在一起，情节完整而诚挚感人。

下片想要寄信达情。起三句：“欲尽此情书尺素，浮雁沉鱼，终了无凭据。”最终寄无从寄出，寄了也得不到回音。相思之情，无法言传，那只好借音乐来排遣。

结尾两句：“欲倚缓弦歌别绪，断肠移破秦筝柱。”想要借助低音缓弦抒发伤别的情怀，移遍筝柱不免是“断肠”之声。以“缓弦”“移柱”来表达其“幽怀难写”，可见以行动写心理，自有其妙处。

晏几道的词“淡语皆有味，浅语皆有致”。情感淡而有味，语言浅而有致，有自己的独特风格。

蝶恋花

宋词

醉别西楼醒不记。春梦秋云，聚散真容易[1]。
斜月半窗还少睡，画屏闲展吴山翠[2]。
衣上酒痕[3]诗里字。点点行行，总是凄凉意。
红烛自怜无好计，夜寒空替人垂泪[4]。

〔字词解释〕

①春梦秋云，聚散真容易：化用乃父晏殊《木兰花》“长于春梦几多时，散似秋云无觅处”词意。而晏殊则化用白居易《花非花》诗：“来如春梦不多时，去似朝云无觅处。”②吴山翠：指画屏上描绘的江南风景。③酒痕：酒滴的痕迹。岑参《奉送贾侍御史江外》诗：“荆南

渭北难相见，莫惜衫襟着酒痕。”③夜寒空替人垂泪：化用杜牧《赠别》“蜡烛有心还惜别，替人垂泪到天明”诗意。

译文

醉别西楼，酒醒之后全无记忆。就好比是春梦秋云，人生聚会或分离实在太容易。今夜斜月微明入半窗，可是我依然缺少睡意，彩画屏风里只见吴山翠碧。

左看右看，衣上总有酒痕残迹，聚会所赋的诗句，点点行行，脱不完一番凄凉意绪。红烛自悲自怜也无计解脱凄哀，寒夜里替人空垂泪滴。

精品赏析

这首词开篇忆昔，记叙了往日醉别西楼后的所感所知。这似乎是追忆往日某一幕具体的醉别，但情绪总有些煽情伤感；二、三句用春梦、秋云作比喻，抒发了聚散离合不常的感慨。春梦旖旎温馨而虚幻短暂，秋云高洁明净而缥缈易逝，用它们来象征美好而不久长的情事，最为真切形象而动人遐想。

“斜月半窗还少睡，画屏闲展吴山翠”，上片的最后两句转写眼前实境，从追忆回到现实，斜月已低至半窗，夜已经深了，伤怀往事，感叹聚散，以至于仍然不能入睡，而床前的画屏在烛光照映下悠闲平静地展示着吴山的青翠之色。而这正是传达心境的生花妙笔。在心情不静、辗转难寐的人看来，那画屏上的景色显得特别平静悠闲，这“闲”字正从反面透露了他的郁闷伤感。

下片两句“醉别”“衣上酒痕”，是当时西楼欢宴时留下的记忆；“诗里字”，也是筵席上题写的词章。虽然这本是欢游生活的残留，但是这又变成引起无限凄凉意绪的旧物。前面讲到“醒不记”，这“衣上酒痕诗里字”却触发他对旧日欢乐生活的记忆。至此，可知词人的聚散离合之感和中宵辗转不寐之情由何而生了。

“点点行行，总是凄凉意。”这里进一步加以渲染，点明昔日记忆转化为今天的凄凉，“红烛自怜无好计，夜寒空替人垂泪”，这种凄凉似乎感染了红烛。它虽然同情词人，却又自伤无计消除其凄凉，于是只好在寒寂的永夜里空自替人长洒同情之泪了。

这首词低徊往复，情感沉郁悲凉，词境含蓄蕴藉，绵长无尽，全词充满无可排遣的惆怅和悲凉心绪。结构新颖，词情感人，很能代表小山词的风格。

由于“不受世之轻重”，词人晏几道“
歌酒而自遣，成为古之伤心人”。他的词作，工于言情，颇得后人称颂。而感伤低沉的基调配以超乎寻常的艺术技巧，所以晏几道的词具有永不磨灭的艺术魅力，透人心脾，感人至深。

生查子[1]

金鞭美少年，去跃青骢马[2]。牵系玉楼人，
绣被春寒夜。

消息未归来，寒食梨花谢。无处说相思，
背面秋千下[3]。

〔字词解释〕

①生查子，唐教坊曲名，敦煌曲子词中有此调。该调文人词当以晚唐诗人韩偓为最早。《词苑丛谈》云：“查，古槎字，张骞乘槎（往天河）事也。”聊备一说。又名《陌上郎》《梅和柳》《楚云深》《愁风月》等。②青骢（cōng）马：毛色青白相杂的骏马。④背面秋千下：化用李商隐诗《无题二首》其一：“十五泣春风，背面秋千下。”

译文

少年郎英俊潇洒，骑着青色的骏马奔向那繁华热闹的远方。那牵念远方良人的闺中思妇啊，春寒难耐，即使是锦绣棉被，没有人作伴，怎么经得起料峭的阵阵春寒呢？

盼啊，盼啊，到了寒食节梨花凋谢的时候还是没有音讯。满腹相思之恨向谁诉？何处诉呢？只有孤零零地背着秋千发愁啊！

精品赏析

这首词是思妇词。词中通过环境、景物描写来烘托人物的感情，抒写了女主人公的相思怀人之情。

词在上片写少年出游，下片写闺中人思念远游人，以“牵系”二字提契全篇，抒情重点在末二句。起首两句将“金鞭美少年”的形象铺展在读者面前，这是女主人公思念的对象。少年扬鞭跃马、俊美英姿让闺中人魂牵梦绕；“牵系玉楼人，绣被春寒夜。”这两句写少年走后，女主人公将满腹情思始终牵系在远出的丈夫身上：到了夜晚，绣被春寒，孤灯独眠，寂寞难耐。“绣被春寒夜”，突出表现了人物的孤寂。下片的前两句写女主人公天天盼，月月盼，盼过了寒食节，等过了梨花开了又谢，一次次地等待，还是没有等到丈夫的音信，随之而来的，只是一次次失望！“寒食梨花谢”，将节令和景物借来说明时间的流逝，同时也写出女主人公在这些时间里日日煎熬的痛苦和无奈相思之苦，无处诉说，也不想对人诉说。“无处说相思，背面秋千下。”“背面”暗示出她在难过，在哭泣。而“秋千下”是将原本少女嬉戏的地方写成心伤独自暗泣之地，艺术效果更加明显。李商隐诗及欧阳修词“泪眼问花花不语，乱红飞过秋千去”，用的都是这种手法。

生查子

关山魂梦长，塞雁音书少。两鬓可怜青①，只为相思老。

归傍碧纱窗，说与人人②道。真个别离难，不似相逢好。

〔字词解释〕

①青：白色。②人人：为宋时口语，指所爱的人。欧阳修《蝶恋花》词：“翠被双盘金缕凤。忆得前春，有个人人共。”

译文

我夜里常常梦见荒漠凄凉的关山，而远在塞外的人也很难寄来音信。原本双鬓秀美的青丝也在这无尽的相思中慢慢变白，这是因为相思让人煎熬。

等到他回来的时候，我就要依偎在他怀里，傍着碧绿的纱窗共诉衷肠。我一定要告诉他，原来别离的苦痛真是难熬，怎么会有团聚在一起时幸福。

精品赏析

主人公在对意中人的思恋中变得两鬓斑白，但是依然无怨无悔，因为“只为相思老”。词人按捺不住的相思与日俱增，但是关山阻断，雁书难托，所以两鬓青丝变成白色，被恋情所折磨的主人公依然无怨无悔，大声讲出了自己内心的真实想法：“只为相思老。”这首词感情基调明朗，情绪直白而坦率，最后两句“真个别离难，不似相逢好”将相逢与别离的分别道尽，而满含的相思之苦和相聚之喜蕴藏其中，让人遐想连篇。

木兰花

宋词

东风又作无情计。艳粉娇红①吹满地。碧楼帘影不遮愁，还似去年今日意。

谁知错管春残事。到处登临曾费泪。此时金盏直须②深，看尽落花能几醉③。

〔字词解释〕

①艳粉娇红：指落花。②金盏：华美的酒杯。直须：尽管。③末二句化用唐人崔敏童《宴城东庄》“能向花前几回醉，十千沽酒莫辞频”句意，另外与韩偓《惜花》“临轩一盏悲春酒，明日池塘是绿阴”立意亦同。

译文

东风依旧无情，不顾看花人的悲愁，无论艳粉娇红都被它吹折飘落满地。青楼上珠帘透入落花残影遮不住零星愁，好像去年今日又惹伤春意。

怎知道误管了暮春残红的情事，四处登山临水不知耗费我多少春泪。金杯美酒，此刻痛深只求举杯，直把落花看尽，人生在世，美好时光如此短暂，有多少欢乐，还有多少次陶醉！

精品赏析

暮春时节，东风将花吹落，残英满地，一年之中美好时刻又将过去，而这种相思的煎熬似乎又和去年相同。“去年今日”将时间的宽度拉长，也从侧面点明这种离愁由来已久，自分手之后便是“碧楼帘影不遮愁”。这种表达“无理而妙”，甚为真切。闺中人躲进“碧楼”，原意仿佛是要避开春日的花开花落，避免心绪的起伏波折。愿望落空后，便埋怨起“碧楼帘影不遮愁”。每年春残的时候都要经历这样一番情感折磨，“到处登临”，相思流泪，等到清醒过来后又仿佛觉得不值得。离人所以开导自己及时作乐，饮酒赏花。不愿言愁，正是说明愁入心之深。

宋词 六幺令[1]

绿阴春尽，飞絮绕香阁[2]。晚来翠眉[3]宫样，巧把远山[4]学。一寸狂心未说，已向横波[5]觉。画帘遮匝[6]。新翻[7]曲妙，暗许闲人带偷掐[8]。

前度书多隐语，意浅愁难答。昨夜诗有回文[9]，韵险还慵押。都待笙歌散了，记取来时霎。不消红蜡。闲云归后，月在庭花旧阑角。

〔字词解释〕

①六幺令，原唐教坊曲名，后用作此调。宋王灼《碧鸡漫志》：“此曲拍无过六字者，故曰六幺。”《燕乐考原》认为：“幺”指细小而繁急之声调，此曲共用六种幺调。又名《绿腰》《乐世》《录要》。②香阁：闺房。③翠眉：古代女子以青黛画眉。④远山：指眉。⑤横波：形容眼神流动。傅毅《舞赋》：“眉连娟以增绕，目流睇而横波。”⑥遮匝（zā）：周围都被遮盖。⑦翻：谱写。白居易《残酌晚餐》：“舞看新翻曲，歌听自作词。”⑧偷掐：暗地里学习弹奏乐曲。掐（qiā），掐记。即以手指叩弦而记其声调。⑨回文：指诗中的字句回环往复读，皆可成诗。

译文

绿荫浓浓芳春已去，柳絮飘飞环绕香阁。晚来描翠眉，学宫妆，描出秀眉美。内心纷杂狂跳不已，不用言语表述，眼神流动心事已经说出。锦帘画幔四边围。新翻的曲子，优美又深情。尽情弹唱，任凭他人暗抄记。

上回来信语言含糊难懂，我一直领会不来不知如何答复。昨夜和他一首回文诗，韵险难押，我懒得费神去押。等到曲终人散后，记得等我片刻，不用红烛高照，只是盼望闲云散去，皎月照人，相约于曾经的栏杆旧角中。

精品赏析

此词采用细腻婉曲的笔调叙述了一位歌女和情人约会的场景和心理活动，通过这样一个角度，细致描绘女主人公的内心活动，表达了词人对这位歌女向往真正的爱情而不可得的深切同情。

起首两句，将季节、时间、地点等交代清楚，并以柳絮飞舞环绕的比喻对歌女在赶赴约会时所产生的兴奋、紧张之心情作了一番引人联想的比拟。“晚来”两句写她描眉梳妆，学着宫中的远山眉样，精心描画。装束完毕，步出宴会厅前，“一寸狂心未说，已向横波觉”。“狂心”，是难以抑制的热切之心。“已向横波觉”，“向”字、“觉”字，其中隐隐有一个人在，而这就是当晚她所要密约的人。这人已在席间，她一瞥见，就向他眼波传情，而被这个人察觉了，两人彼此心照不宣。“画帘”三句谓歌女处于“画帘密匝”的环境中，没有追求个人爱情、幸福的自由，只好把感情寄托在新翻的曲子里，希望有人把自己的曲子传出去。下片写歌女的心上人来信文字含蓄，但是自己写得很浅露，不知道怎么给他回信；昨夜想写几句诗给他，又心灰意冷，思想上很矛盾，只好作罢，既不要写信，也无须写诗，让彼此都记取过去那短暂的相聚情景：那是一个幽静的美好夜晚，庭院中开满鲜花，人们散去之后，月亮还挂在庭院的旧阑角上。

作者刻画了歌女在爱情面前的复杂心情，对这位歌女虽然向往真正的爱情却难以得到表达了诚挚的同情。此词以真挚的感情、新颖的构思、精美的语言和生动的描绘，对歌妓舞女的生活进行了深入开掘和细致表现，展现了她们复杂而痛苦的内心世界，流露出对她们的同情与关切，产生了强烈的艺术魅力。

黄庭坚

黄庭坚(1045 年—1105 年)，字鲁直，号山谷，又号涪翁，洪州分宁(今江西省修水县)人。治平四年(1067 年)登进士第，官至起居舍人。他是著名的“苏门四学士”之一。诗与苏轼齐名，并称“苏黄”，并且被奉为“江西诗派”创始人。

鹧鸪天①

宋词

黄菊枝头生晓寒。人生莫放酒杯干。风前横笛斜吹雨，醉里簪花倒着冠。

身健在，且加餐②。舞裙歌板尽清欢。黄花白发相牵挽③，付与时人冷眼④看。

〔字词解释〕

①此为宴席间互相酬唱之作。②加餐：《古诗十九首》有“弃捐勿复道，努力加餐饭”句。③黄花：同黄华，指未成年人。白发：指老年人。④冷眼：轻蔑的眼光。

译文

秋天重阳赏菊之后，天气开始变冷起来。人生喝酒取欢，所以杯中应该酒不干。酒后有些失态，索性就在风中横起笛子吹，头上插着花倒还把帽子戴反了。

身体长健，就要抓紧时间欢愉，宴会上歌舞升平，尽情取乐。老年少年相互搀扶，管他世俗之人怎么看。

精品赏析

此词是黄庭坚与甘居山野、不求功名的“眉山隐客”互相酬唱的作品，词人结合自己的坎坷仕途，抒发了自己心中的苦闷和激愤，表达了自己不混迹世俗、特立独行的风格。

秦观

秦观(1049年—1100年)，字少游，一字太虚，号淮海居士。高邮(今属江苏省)人。年少而有才名，研习经史，喜读兵书。熙宁十年(1077年)，往谒苏轼于徐州，元丰八年(1085年)进士，后任秘书省正字，兼国史院编修。是“苏门四学士”之一，其诗清新婉丽，词多写恋情和身世之慨，词风秀丽含蓄，独具一格。

宋词

减字木兰花①

天涯旧恨，独自凄凉人不问。欲见回肠②，
断尽金炉小篆香③。
黛蛾长敛④，任是春风吹不展。困倚危楼，
过尽飞鸿字字愁⑤。

〔字词解释〕

①减字木兰花：又称偷声木兰花、减兰、小木兰花等。②回肠：司马迁《报任安书》有“是以肠一日而九回”。③篆香：即盘香。喻指“回肠”。李清照《满庭芳》：“篆香烧尽，日影下帘钩。”④黛蛾：指代女子之眉。温庭筠《晚归曲》：“湖西山浅似相笑，菱刺惹衣攒黛蛾。”⑤飞鸿：大雁。字字：这里指雁飞时排成“一”字或“人”字，所以说成“字字”。

译文

思念天涯远游人，这种心情郁结成了浓浓的怨气，独自孤守，心境凄凉而没有人来抚慰。谁能明白我心中百结的愁肠，就像铜炉里那烧成一寸一寸的薰香一样九曲百回。

黛眉含愁长敛，任凭春风温情也吹不展紧蹙的忧苦，靠着高楼眼神迷惘无助，从眼前飞过的大雁排成队列，一字一字就像书写我的忧愁。

精品赏析

这首词是写一个独处女子在美好的春光里思念远方情人的离愁别恨。“人不问”，写无人对语，独居高楼，孤独凄凉的心境让人心生怜悯；“过尽飞鸿字字愁”更是神来之笔，将排成阵形的大雁说成是书写自己愁怨的字，想象奇特，比喻形象而出人意料。

踏莎行[1]·郴州旅舍

宋词

雾失楼台，月迷津渡[2]。桃源[3]望断无寻处。
可堪[4]孤馆闭春寒，杜鹃声里斜阳暮。
驿寄梅花，鱼传尺素。砌成此恨无重数。
郴江幸自绕郴山，为谁流下潇湘去？

〔字词解释〕

①这首词为词人被贬郴州时所作。②津渡：渡口。③桃源：东晋陶渊明《桃花源记》中所写的理想境界。④可堪：哪堪。

译文

大雾迷蒙，楼台隐约难辨清，月色飘渺，渡口不知藏身何处。就算是望尽天涯，也找不到传说中的桃花源。这孤寂的客馆还很寒冷，让人怎么忍受。斜阳西下，杜鹃声声哀啼！

远方的亲友来信送来祝福，是离他们那样遥远却平添了我更多的别恨离愁。郴江啊，你如果绕着郴山流转会怎么样，为什么偏偏还要流到潇湘去呢？

精品赏析

词题为“郴州旅舍”，为我们道出写作地点。这首词的写作时间大概是绍圣四年（1097 年）春三月。作者贬徙郴州，接二连三的贬谪，其心情之悲苦旁人难以想象。这首词作凄怆孤苦，正是暗合词人当时的心境。

李之仪

李之仪（？—1117年），字端叔，自号姑溪老农，沧州无棣（今属山东省）人。元丰年间登进士。元祐末从苏轼于定州幕府，终官朝请大夫。他的词，深婉含蓄，为世人所传诵。

谢池春

残寒销尽，疏雨过，清明后。花径敛余红，风沼萦新皱①。乳燕穿庭户，飞絮沾襟袖。正佳时，仍晚昼，著人②滋味，真个浓如酒。

频移带眼③，空只恁④，厌厌瘦。不见又思量，见了还依旧。为问频相见，何似长相守。天不老，人未偶。且将此恨，分付⑤庭前柳。

〔字词解释〕

①风沼萦新皱：出自冯延巳《谒金门》词“风乍起，吹皱一池春水”。沼，池塘。②著人：迷人。③移带眼：腰带的带眼移动，比喻日渐消瘦。④恁（rèn）：如此。⑤分付：托付。

译文

最后的寒冷消退，稀疏细雨过去，就是清明节。繁花开满小路，春风吹过池塘，水波起新皱。新燕飞穿庭院门户，杨柳飞絮飘飘扬扬漫天飞舞，落在衣襟双袖上。正是美好风光，可惜黄昏依然来临，叫人是什么滋味？各种心绪都涌上心头，混合在一起就像一杯醇酒。

腰带渐渐宽了，人也总是无精打采、日渐消瘦。可是看不到她又会不住地想念思量。见了她之后还是这个样子。那么怎样才能长相厮守呢。天

不老，不管有情人是否配成双。我
杨柳，借助它的千万柳条，带着这种愁绪随风飘舞，向仙人求救。

精品赏析

这首词写离别相思之苦。上片主要写景，有声有色，动静结合，以酒喻春，有独到之妙，可谓色味俱佳。下片主要是抒情，因为离愁而渐消瘦，这种聚散无定的生活让人深受折磨，不能长相厮守只有将一腔相思别恨，交付给庭前垂柳。

卜算子

宋词

我住长江头，君住长江尾。日日思君不见君，共饮长江水。

此水几时休，此恨何时已。只愿君心似我心，定不负相思意[①]。

〔字词解释〕

①“只愿”二句：语本顾夐《诉衷情》“换我心，为你心，始知相忆深”。

译文

我居住在长江上游，你居住在长江下游。日日夜夜想你却不能看到你，只是能共饮一江水，也是福气。

我的忧愁就像悠悠不尽的江水，江水什么时候枯竭，我的别离苦恨才什么时候消止。我只希望你的心如我的心一样，就不会辜负了我这般痴恋情意。

精品赏析

这首词写的是男女恋情，词以长江起兴。以“我”和“君”对起，两个人一住江头，一住江尾，用空间距离暗喻相思的悠长。下片紧扣长江水这一起兴，进一步抒写离愁别恨。将悠悠长江之水和自己绵绵相思之恨作比较，结尾一句意味深长。

黄裳

黄裳(1044年—1130年),字勉仲,延平(今福建南平)人。北宋神宗元丰五年(1082年)进士第一。历官端明殿学士、礼部尚书。卒赠少傅。其词语言明艳,为时人争相咏诵。代表作有《卖花声》《永遇乐》《宴琼林》《喜迁莺》《减字木兰花》《渔家傲》《蝶恋花》等,其中以《减字木兰花》为最著名,流传很广。

宋词

木兰花·竞渡①

红旗高举,飞出深深杨柳渚。鼓击春雷,直破烟波远远回。

欢声震地,惊退万人争战气。金碧楼西,衔得锦标②第一归。

〔字词解释〕

①竞渡:相传战国时伟大的诗人屈原在农历五月初五这一天投汨罗江自杀,于是人民为了纪念他,就在每年的农历五月初五这一天举行竞渡,以表达对爱国诗人的尊敬和怀念。

②锦标:是高挂在高竿上给予竞渡优胜者的奖品。

译文

令旗向上一举,洲渚翠柳深处千帆齐发,快如飞箭。锣鼓如雷,响彻天边。健儿们奋力划船、飞舟遏浪,场面精彩而激烈。

山呼海啸的欢笑声,得胜而归的龙舟,技高一筹,锐气让对手们不敢与之争雄。金碧辉煌的楼阁两边,夺冠之人手持锦标,兴高采烈地昂首凯旋。

精品赏析

本篇是描绘龙舟竞渡夺标的场景。虽然篇幅短小，但是内容丰富，色彩明艳，场面热烈，格调轻快。红色的旗帜，浓绿的杨柳，白茫茫的烟波，金碧楼台，多种色调组合让读者感受到当时的热烈气氛！绚丽的色彩，紧张的节奏，真实地再现了当日龙舟竞渡的盛况。

贺铸

贺铸（1052年—1125年），字方回，号庆湖遗老，越州山阴（今浙江绍兴）人，北宋词人。曾任泗州、太平州通判。晚年隐居苏州。代表作为《青玉案》《六州歌头》等。

宋词 半死桐

重过阊门万事非[1]，同来何事不同归？梧桐半死清霜后[2]，头白鸳鸯失伴飞。

原上草，露初晞，旧栖新垄两依依[3]。空床卧听南窗雨，谁复挑灯夜补衣！

〔字词解释〕

①阊（chāng）门：苏州城西门。②梧桐半死：喻丧偶。③旧栖：旧日的居所。新垄：指妻子的新坟。

译文

再次穿过苏州城西门时，感觉此时已是物是人非。你和我一同来到这里，为什么就不能和我一同回去呢？你就这样走了，如同秋霜过后半死的梧桐树般凄冷。我心悲痛，好像那失去伴侣的白头鸳鸯独自飞翔。

草原里青草上的露珠被风吹干了，我们昔日的住所和你的新坟，我流连徘徊不愿离开。深夜我孤独地躺在空床上听雨点敲打窗子，谁还会挑亮昏灯，为我缝补旧衣呢！

精品赏析

这首词是作者为悼亡妻而写的。词人选取了典型的景物，将自己的感情融入其中，全词透过凄凉的诉说，深刻地写出妻死后作者的孤独寂寞之苦。

踏莎行

杨柳回塘[①]，鸳鸯别浦[②]，绿萍涨断莲舟路。
断无蜂蝶慕幽香，红衣脱尽芳心苦[③]。
返照迎潮，行云带雨，依依似与骚人[④]语。
当年不肯嫁春风，无端却被秋风误。

〔字词解释〕

①回塘：曲折的水塘岸边。②别浦：江河的小支流。③红衣：指荷花。④骚人：诗人。

译文

杨柳绕着池塘，鸳鸯告别了小河，绿萍断水路，挡住了采莲姑娘的小船。不会有蜜蜂和蝴蝶，再来倾慕它的芳香和芬芳了。荷花渐渐凋落，只剩下一颗芳心苦涩。

夕阳映射着潮水，天上飘来小雨，无情地打在荷花上。荷花随风摇曳，似乎在向诗人诉说委屈：当年不肯与春风共荣衰，现在无奈被秋风所耽误。

精品赏析

上片介绍了荷花周围的环境，凸显了寂寞生发、无人欣赏的荷花形象，下片将荷花比作美人，好像在对词人说着自己的委屈，显示了荷花的幽洁高雅。作者在词中还将荷花设喻，以此来表达才士沦落不遇的感慨。

青玉案

凌波①不过横塘路，但目送、芳尘去②。锦瑟华年③谁与度？月桥花榭④，琐窗朱户⑤，只有春知处。

飞云冉冉蘅皋⑥暮，彩笔⑦新题断肠句。试问闲愁都几许⑧？一川⑨烟草，满城风絮，梅子黄时雨。

〔字词解释〕

①凌波：形容女子步态轻盈美妙。②芳尘去：指美人已走远。③锦瑟华年：指美好的青春时期。④花榭：花木环绕的阁楼。⑤琐窗：雕绘连琐花纹的窗子。朱户：朱红的大门。⑥冉冉：渐进地、慢慢地。蘅皋：长着香草的沼泽中的高地。⑦彩笔：比喻有写作的才华。⑧试问闲愁都几许：试问，一说“若问”。都几许，有多少。⑨一川：遍地。

译文

莲步轻移，凌波难渡横塘路，目送佳人飘去。正是青春年华的大好时候，谁能和她一起欢度？也许是月台，也许是花榭，或许是雕窗朱户，恐怕只有春天才会理解她内心的深处。

云卷云舒，夕阳斜照芳草岸，搜尽满腹的文采写下断肠的诗句。那么自己的闲情愁绪有多少呢？就好像满江畔的烟草，遍城的飞絮，梅子刚刚黄熟时的霖雨。

精品赏析

这首词通过对暮春景色的描绘，抒发作者内心深处的“闲愁”。上片写路遇佳人而不知所往的怅惘情景，也含蓄地表达了词人怀才不遇的感慨。

感皇恩

兰芷满汀洲①，游丝横路②。罗袜尘生步。迎顾。整鬟颦黛，脉脉两情难语③。细风吹柳絮。人南渡。

回首旧游，山无重数。花底深朱户。何处？半黄梅子，向晚一帘疏雨。断魂分付与④，春将去。

〔字词解释〕

①兰芷（zhǐ）：指兰草与白芷。皆香草。《楚辞·离骚》：“兰芷变而不芳兮，荃蕙化而为茅。”汀（tīng）洲：水中的小陆地。②游丝横路：李白《惜余春赋》“见游丝之横路，网春晖以留人。”③脉脉两情难语：《古诗十九首》：“盈盈一水间，脉脉不得语。”④断魂分付与：语本毛滂《惜分飞》：“断魂分付，潮回去。”

译文

汀洲生机勃发，长满了香兰和白芷，游丝满天横飞，阻拦了归路。她迈着轻盈的脚步，罗袜生尘，前来把我等候。她整理下发髻，美丽的蛾眉微蹙。我们四目相对，即便是深情浓厚也找不着言语倾诉。细风吹得柳絮四处飞散，她默默无语地行舟南下。

回首过去的同游旧地，那里的山峦景色依旧，但是不忍再看。在那百花锦簇的地方，哪里才是她的香闺？梅子已经一半黄熟，傍晚时又下了疏雨。春天啊，你要走就走吧，并请把我的愁思也一并捎去。

精品赏析

这是一首爱情词。全词抒发相见不能相爱的怅恨。上片描写两人乍见又别的情景。下片写相思带给人的愁苦。全词不仅借景抒情，情景交融，而且景物深化了情思。整鬟颦黛，脉脉两情难语。“整鬟颦黛”表现出一副尴尬的姿态和满腹的心事，但感情仍默默相许。“脉脉两情”传达出彼此双方情感之交流、贯通。“难语”二字顿挫，因为有不能逾越的阻隔阻止双方倾诉衷情。这首词写送别恋人，难舍难分。这首词不用警句妙语，可是情意绵绵，细细品味，则觉其语浅情深，清疏淡雅，意蕴隽永，别有一番风味。上片怀旧，“罗袜”四句，写与美人眉目传情而衷肠难诉，描摹细腻，生动传神。下片写离愁。“回首”二句，是从自己的角度抒发别恨；“花底”二句，则是从对方角度抒发感慨；“半黄”二句，又转写自己。“断魂”二句，将自己和对方一并收束。这种手法用来写相思之愁是很妙的。

宋词

薄　幸

淡妆多态。更的的、频回眄[①]睐。便认得、琴心先许，与写宜男[②]双带。记画堂、斜月朦胧，轻颦微笑娇无奈。便翡翠屏开，芙蓉帐掩，与把香罗偷解。

自过了收灯[③]后，都不见、踏青挑菜[④]。几回凭双燕，丁宁深意，往来翻恨重帘碍。约何时再。正春浓酒暖，人闲昼永无聊赖。厌厌[⑤]睡起，犹有花梢日在。

〔字词解释〕

①的的：明亮。眄（miǎn）：顾盼。陈子昂《宿空舲峡青树村浦》诗：“的的明月水，啾啾寒夜猿。”②宜男：旧时祝妇人多子称宜男。此指婚配。此句一本作“欲绾合欢双带”。③收灯：唐俗元宵节“烧灯”（点花灯）三日，而后“收灯”。④踏青挑菜：古人以二月二日为挑菜节，妇女郊游，亦曰踏青。⑤厌厌：同“恹恹”。精神不振貌。

译文

即便是素妆淡抹，她依旧是风情无限。那双明如秋波般的眼神，又频频向我传情。从她的琴声中我听出了一片情意，明白了她对我动心，打算和我共结连理。记得那次来到画堂，和风明月知我心意。她深情地微皱蛾眉，笑靥微现，情态娇柔可人，令人无法忘怀。我们双双走到屏风后面，屏风上还有双宿双飞的鸳鸯画在上边。在这绣着芙蓉的帷帐里，她娇羞地偷偷解开罗裳。

但是从那次相聚之后，我竟然再没见到她的倩影。元宵灯节，踏青的女子中，我苦苦寻觅，却找不到她。我曾经不知道多少次邀请双燕传信，嘱咐它们送去我的一片相思。然而来来往往却封锁消息，因有帘幕一层又一层阻隔。我的心潮无法平静。不知何时再次相约欢会，重圆一场春梦。但如今虽是酒暖春浓，我仍是一个人孤单寂寞，叹恨春日太长。睡醒后身乏心倦，看到那日影还在花梢之上。

精品赏析

“薄幸”成为词调名，也是在贺铸的这首词之后，并且历代词评家都很重视这首词，把它看作此词调的正格；作为一个词语，“薄幸”本有“薄情”“负心”的意思，多用来指一些见异思迁、薄情寡义的负心男子。本词虽然词牌名叫做薄幸，但是所描写的主题却是男主人公对一位与自己曾经有过幽会、欢爱之事女子的深深怀念、渴盼之情。上片描摹了主人公和一名女子一见钟情并鸾凤和鸣的经过，在叙事中抒情。下片写自从那次欢爱后再也无法见到佳人的苦闷与忧伤，在抒情中叙事。上片追叙前欢，由月成、心许、逢迎，到鸾屏幽会，笔势也一气而下，将自己的忧伤失望之情表述出来。词人在最后写出失恋后的怨伤与无奈。结尾写他相思之情的焦灼、愤恨和无奈。以景收束，看似含蓄却难掩词意的热烈、坦白，感情的诚挚和热烈让人心折。

蝶恋花

几许伤春春复暮。杨柳清阴，偏碍游丝度。
天际小山桃叶步[1]。白蘋花满湔裙[2]处。
竟日微吟长短句。帘影灯昏，心寄胡琴语。
数点雨声风约住。朦胧淡月云来去。

〔字词解释〕

①桃叶步：即桃叶渡。在今南京。②湔（jiān）裙：古时风俗，每年旧历正月初一至月末，在水边洗涤衣裙以驱除不祥。

译文

几次忧伤春景凋零但是又到了春光迟暮时节。杨柳清凉的浓荫，偏偏妨碍蜘蛛、树虫的游丝横度。遥远的天边的小山，记得曾经路过，白蘋花丛生的水边就是妇人少女们的洗裙之处。

整天里低吟着词赋，玩味不止。灯光昏暗地映着帘影，借着胡琴一曲寄托心意。几点雨声被风吹走，淡云迷蒙，月色暗淡。

精品赏析

词表达的是暮春怀人之情，在暮春时节惜春，也写了男女相思的情怀。上片“几许”三句是春暮伤怀。“天际”二句，自对方落笔，写女子对自己的怀念，由梁柳恽《江南曲》“汀洲采白频，日暖江南春”“故人何不返？春花复应晚”诗意化出。下片“竟日”三句，又从自身角度入手，讲述自己的千般相思全部寄之于彩笔和琴弦，以此寄托愁绪。“竟日微吟长短句，帘影灯昏，心寄胡琴泣。”“竟日微吟”全因寄情。灯下操琴，也为吐心曲。两个细节代替了无数思念的辞密语和忧伤语。“数点”二句用景结情，意境淡雅，结句“数点雨声风约住。朦胧淡月云来去”堪称名句，淡云托月比喻恰当，暗示心情的迷茫，意象优美。

天门谣

牛渚天门[①]险。限南北、七雄[②]豪占。清雾敛。与闲人登览。

待月上，潮平波滟滟[③]。塞管轻吹新阿滥[④]。风满槛。历历数、西州[⑤]更点。

〔字词解释〕

①牛渚（zhǔ）天门：今安徽当涂境内牛渚矶之西南方向有二山夹江耸立，相对如门，称天门。②七雄：六朝及南唐。③待月上潮平波滟（yàn）滟：张若虚《春江花月夜》："春江潮水连海平，海上明月共潮生。滟滟随波千万里，何处春江无月明！"④阿滥：笛曲名。⑤西州：指金陵。

译文

牛渚、天门古来地势险峻，凭恃长江天险而将南北隔断，数百年来七代王朝相继占据这里称雄。清冷的晨雾消散，让闲雅的人登矶游览。

待明月升上中空，平阔的江湖波光潋滟，听羌笛轻轻吹奏着新曲《阿滥》。蛾眉亭的栏槛，清晰地数着从西州城传来的打更的鼓点。

精品赏析

调名取自贺铸这首词，因其中有"牛渚天门险"句，故名。这是一首登临怀古词。上片首先指出牛渚地理形势的险峻和历史作用的巨大。但是现在却成为让人们登矶游览的地方。下片不落窠臼，不去评点江声形胜，不去议论山水险峻，只是说要等到月上潮平、笛吹风起之时，细数古都金陵传来的报时钟鼓。曾经"七雄豪占"的军事要塞，今却成为"闲人登览"的旅游胜地，古今对比，令人慨叹。

天香

烟络横林，山沉远照，逦迤①黄昏钟鼓。烛映帘栊，蛩②催机杼。共苦清秋风露。不眠思妇。齐应和、几声砧杵。惊动天涯倦宦，骎骎③岁华行暮。

当年酒狂自负。谓东君④、以春相付。流浪征骖北道，客樯南浦，幽恨无人晤语⑤。赖明月、曾知旧游处。好伴云来，还将梦去。

〔字词解释〕

①逦迤(lǐ yǐ)：曲折绵延。②蛩(qióng)：蟋蟀。又名促织，言其促人机织。③骎(qīn)骎：疾速貌。④东君：春神。⑤晤语：见面交谈。《诗经·东门之池》：“彼美淑姬，可与晤语。”

译文

树林里烟雾笼罩，夕阳西下已经落入远山，黄昏的钟鼓沿着曲折蜿蜒的山路隐隐约约传来。看多少人家，烛光映照着窗户，蟋蟀声声，好像在催促人们赶快纺织衣裳。我们都苦于这清秋之际，风露凄清。思妇因为思念远人而不眠，于是在一片风声虫声中回应着几声捣衣声。这声音惊动了我这漂泊天涯的在外人，这才发现又到了年末时光。

曾经我也以酒狂自负，认为春神对我偏爱有加，可以让我把青春韶华恣意索求。想不到终年流浪四方，南来北往，车马不停，心中满腔离情别绪无人可以理解。凭着明月我认出与情人同游之处，期望夜色之中，能让我们梦中相会。

精品赏析

这是一首抒写人世沧桑之感的词作。词人仕途失意，江湖漂泊，想起往日的豪情，将自己徒怀壮志却请缨无路的悲愤心情表述出来。这首词语言较隐晦，与其余的词苍凉激越大不相同，可能是贺铸词风转变不久后的作品。本词抒写羁旅漂泊之恨。上片写暮秋黄昏时的寂寞凄清，有声有色，下片开头回忆年轻时的自负，后几句是对大半生坎坷经历的喟叹，进而抒发情人之情，整首词情感丰富，既有儿女情长，又有英雄气短之慨，视野开阔，形声兼备。“流浪”三句一抑，将其大半生浪迹天涯进行高度概括。最后四句淡淡地抒发怀旧之感，没有太多的怨恨之语，哀而不伤，情致颇高。

周邦彦

周邦彦(1056年—1121年)，字美成，号清真居士，钱塘(今浙江省杭州市)人。元丰七年(1084年)献《汴都赋》，擢为试太学正；元祐四年(1089年)出为庐州(今安徽合肥)教授。宣和二年(1120年)移知处州(今浙江丽水)，值方腊起义，道梗不赴。未几罢官，提举南京鸿庆宫，辗转避居于钱塘、扬州、睦州(今浙江建德)。卒年六十六。写词严分平仄四声、五音六律、清浊轻重，故音律谐婉，堪称格律词派之开山。词风富艳而高雅，沉着而拗怒。被清代词学家奉为格律诗词宗。有词集《清真集》，又名《片玉集》。

宋词

瑞龙吟

章台[①]路。还见褪粉梅梢，试花桃树。愔愔[②]坊陌人家，定巢燕子，归来旧处。

黯凝伫。因念个人[③]痴小，乍窥门户。侵晨浅约宫黄[④]，障风映袖，盈盈笑语。

前度刘郎重到[⑤]，访邻寻里，同时歌舞。惟有旧家秋娘[⑥]，声价如故。吟笺赋笔，犹记燕台句[⑦]。知谁伴，名园露饮，东城闲步。事与孤鸿去。探春尽是，伤离意绪。官柳低金缕。归骑晚、纤纤池塘飞雨。断肠院落，一帘风絮。

〔字词解释〕

①章台：泛指妓院聚集之地。②愔(yīn)愔：安静貌。③个人：伊人。④浅约宫黄：淡着脂粉。⑤前度刘郎重到：据《幽明录》载：东汉人刘晨、阮肇入天台山采药逢仙女，居留半年后归来，而尘世已历七代。后又重入天台山，仙女已杳不可寻。⑥秋娘：唐金陵歌妓杜秋娘。此处代指歌妓。⑦犹记燕台句：语本李商隐《梓州罢吟寄同舍》：“长吟远下燕台去，惟有衣香染未销。”

译文

我又来到了章台路，恰好又看到了冬日的梅花凋谢树梢孤寂独立，春天的桃花开始开放。路上街坊人家还未起来。在这里驻窝的燕子，又到返还的时间了。

一个人凝神伫立，我情不自禁地想起当年的情景。那个娇柔的小女孩子，刚才还在倚着门户向外偷看。她的妆化得很浅，天生丽质。彩袖半遮，轻掩面容，阵阵欢声笑语，非常讨人喜爱。

前度遇到神仙的刘郎重到这里，访问故里寻找旧时相识，只有旧家的秋娘声价不变。吟唱词曲，赋写诗篇，有人还能记住往日的燕台诗句。可惜现在一人孤身，没人把我陪伴，到名园去开怀畅饮，到东城去闲散地游览一番。曾经旧情，恐怕只能随着孤鸿远远地飞去。此次看访春天，不曾想，得到的尽是满面的烟絮，和离情别绪。大道边的柳树低垂着，没想到回来晚了，池塘上已经下起了小雨。总是忘不了那伤心之地，帘子外都是随风起落的柳絮。

精品赏析

这首词是作者的代表作，也一向被认为是周词的压卷之作。绍圣四年（1097年）春，周邦彦出任外官期满后，召回京师，旧地重游，往事如昔，思念并寻找当年恋过的一个歌妓，此时人非物是，由此引发了无限的感触。这首词融抒情、写景、怀人、叙事为一体，层层脱换，回环婉转。从词意主旨上来说，“不过桃花人面，旧曲翻新耳”，但是在格律、用典等方面却技高一筹，历来为人所称道，这首词分三叠，首叠“章台路”写今日的所见所感，愁思无限，怅惘不已；次叠“黯凝伫”写昔日，追忆曾经情意，情致绵绵；三叠“前度刘郎重到”写今昔对比，情感激荡，将全词的意旨推到巅峰。这首词结构清晰，层层递进，丝丝入扣。“断肠”二句为临别最后一瞥，词人心生感慨，永远难忘那座令人伤心断肠之地，满眼柳絮飘飞，正是印证着词人缭乱的离愁别思。全词景起景收，中间今昔交错，虚实相映。将写景、叙事、怀人、抒情融成一体，给人以时光交错，情景交错之感，而词人内心的失落空虚也让人感慨无限。

风流子

新绿小池塘。风帘动、碎影舞斜阳。羡金屋去来，旧时巢燕；土花[①]缭绕，前度莓墙。绣阁里、凤帏深几许，听得理丝簧。欲说又休，虑乖[②]芳信，未歌先噎，愁近清觞。

遥知新妆了，开朱户、应自待月西厢[③]。最苦梦魂，今宵不到伊行[④]。问甚时说与，佳音密耗[⑤]，寄将秦镜[⑥]，偷换韩香[⑦]。天便教人，霎时厮见何妨。

〔字词解释〕

①土花：苔藓。李贺《金铜仙人辞汉歌》：“画栏桂树悬秋香，三十六宫土花碧。”②乖：违，误。③待月西厢：语本元稹《会真记》中诗：“待月西厢下，迎风户半开。拂墙花影动，疑是玉人来。”④伊行：她身边。⑤耗：消息。⑥秦镜：东汉人秦嘉赠予其妻徐淑的明镜。⑦韩香：晋贾充女贾午暗恋韩寿，窃香赠之。

译文

小小的池塘春水新绿，风吹珠帘，引得它微微吹动。帘影飘飞在斜阳中煞是动人。我真是羡慕金屋中往日的燕子，那样自由自在来回飞翔。而那一墙的青苔也很有福气，可以和从前的院墙相依相伴。绣阁里面挂着重重帘帐。我看不到她，只是依稀听到她演奏乐曲的美妙声音。那琴声如人，透露出她一层层的心事，想要诉说又有些犹豫，她生怕对方不如往日那样，已经对她变心。还没有开始歌唱，她便先已哭泣，过于忧愁只得以酒消愁。

遥知已经梳洗打扮好的你悄悄开了门，就像当年的崔莺莺一样待月西厢，等待着心上人，今夜我却无可奈何，无法与你相伴。我真想问一问，什么时候能再想见，互诉衷肠？我想要送给你一面明镜用来梳妆，你也会像贾午一样偷偷地给我窃香。老天爷啊老天爷，给我们帮个忙，马上就让我们相见。

精品赏析

这首词的主旨是抒写词人对一位所爱的女人的钟情相思，写法别致感人。

这首词上片从自己思念伊人写到伊人怀念自己。下片再从伊人怀念自己写到彼此不能相见，作者的思想感情进一步得到抒发，真挚深沉。开篇三句描写春日黄昏时的美景，“碎影”句灵动而有神采。“羡金屋”以下四句，以燕子每年能回到美人身边，莓苔能时时围在美人身边，反衬自己不能亲近伊人的遗憾，抒情甚为婉曲。“绣阁里”以下几句想象美人思念自己的情状，形象生动，真挚感人。下片开始就继续想象美人待月西厢，渴盼着情人能再来找自己倾诉衷肠，但是自己无法前去，心情万分痛苦。“遥知新妆了，开朱户、应自待月西厢。”“等月”此说是否属实难以断言，但从词意看，确实是一篇情致缠绵的风流艳词。这首词把词人对一女子的刻骨相思之情描绘得层层深入，愈转愈烈，并没有含蓄蕴藉，可见真情所至，引人共鸣。

琐窗寒

宋词

暗柳啼鸦，单衣伫立，小帘朱户。桐花半亩。静锁一庭愁雨。洒空阶、夜阑未休，故人剪烛西窗①语。似楚江暝宿②，风灯零乱，少年羁旅。

迟暮。嬉游处，正店舍无烟③，禁城百五④。旗亭唤酒⑤，付与高阳俦侣⑥。想东园、桃李自春，小唇秀靥⑦今在否。到归时、定有残英，待客携尊俎⑧。

〔**字词解释**〕

①剪烛西窗：语本李商隐《夜雨寄北》诗：“何当共剪西窗烛，却话巴山夜雨时。”②暝宿：夜宿。③正店舍无烟：元稹《连昌宫词》：“初过寒食一百六，店舍无烟宫树绿。”④百五：冬至后一百零五日为寒食节，禁火吃冷食。⑤旗亭唤酒：旗亭，酒楼。悬旗为酒招，故称。刘禹锡《武陵观火》诗：“花县与琴焦，旗亭无酒濡。”⑥高阳俦（chóu）侣：指酒友。汉郦食其自称高阳酒徒，以谒刘邦，事见《史记》。⑦靥（yè）：酒窝。⑧尊俎（zǔ）：指宴席。

译文

柳荫浓暗，乌鸦聒噪，身穿单衣的我怅惘孤独，那小窗帘朱红门户令我魂牵梦系。白桐花覆盖了半亩浓荫，静静地闭锁了满院的愁雨。这场愁雨绵绵不休洒在空阶上，眼看着夜色将尽还在淅淅沥沥地下着，何时故人重逢，聚首西窗剪烛花倾诉知心话语。像夜宿楚江，江舟灯火闪烁在风雨中，点点闪闪让人心境凌乱，自少年时代便羁旅艰难。

而今年届迟暮。眼下的嬉游胜览，还有商店旅舍正是禁火无烟，京城里迎来寒食三天。旗亭的呼酒放纵，都付与高阳酒徒们去豪饮狂欢。我只想念那座东园，春风桃李自然是一派繁花绚烂，不知那樱唇小巧、酒涡秀美的人而今是否康健？等到我归去时，也许还有残春未落的花瓣，她也会携来美酒佳肴款待远方的归客，重温青春的欢悦和温暖。

精品赏析

《词谱》：“一名《琐寒窗》，调见《片玉集》，盖寒食词也。因词有‘静琐一庭愁雨’及‘故人剪烛西窗语’句，取以为名。”这是一首表达羁旅行役，游子思归的词。上片情景两融：庭院小帘朱户，柳暗鸦啼，词人单衣伫立，独对春雨，潇潇暮雨，客馆孤灯，更添愁思。思夜雨空阶，故人西窗，剪烛夜语。“似楚江暝宿，风灯零乱，少年羁旅。”词人从眼前景物体会到了一种孤独，想到年少时期楚江羁旅。

“迟暮。嬉游处，正店舍无烟，禁城百五。旗亭唤酒，付与高阳俦侣”这六句，转写当前：而今已届暮年，犹作客京华，孤馆春寒，偏逢寒食，唤取高阳俦侣，饮酒遣愁。久客恋乡，暮年感旧，故乡东园之地，桃李之花开否？小唇秀靥在否？人在迟暮之年，青春年华已逝，家乡之情回归难上加难，还似这般花下酩酊，聊以解忧。

六丑·蔷薇谢后作

正单衣试酒，怅客里、光阴虚掷。愿春暂留，春归如过翼①。一去无迹。为问家何在，夜来风雨，葬楚宫倾国②。钗钿③坠处遗香泽。乱点桃蹊，轻翻柳陌。多情为谁追惜？但蜂媒蝶使，时叩窗槅。

东园岑寂，渐蒙笼暗碧。静绕珍丛底，成叹息。长条故惹行客。似牵衣待话，别情无极。残英小、强簪巾帻④。终不似、一朵钗头颤袅，向人攲侧⑤。漂流处、莫趁潮汐。恐断红、尚有相思字⑥，何由见得？

〔字词解释〕

①过翼：飞鸟。②倾国：以美人喻落花。语本汉李延年歌：“北方有佳人，绝世而独立。一顾倾人城，再顾倾人国。”③钗钿（diàn）：女子所戴的首饰。此喻落花。④巾帻（zé）：布头巾。⑤攲（qī）侧：倚靠。⑥恐断红、尚有相思字：据《云溪友议》载，唐朝卢渥进京应举，偶至御沟，见红叶上有题诗：“流水何太急，深宫竟日闲。殷勤谢红叶，好去到人间。”

译文

正是换上单衣的好时节，心怀客居异地的惆怅，光阴白白地浪费了。祈求春天暂留片刻，春天匆匆归去就像鸟儿飞离，一去无痕迹。试问家何在？夜里就有一场急风骤雨袭来，埋葬了南楚倾国的佳丽。花瓣儿像美人的钗钿坠地，散发着残留的香气，凌乱地点缀着桃花小路，轻轻地在杨柳街巷翻飞。又有哪个多情人会替落花惋惜？只有蜂儿蝶儿像媒人似的，时时叩击着窗槅来传递情意。

东园到处静寂，慢慢地草木繁盛绿荫浓暗。环绕着珍贵的蔷薇花丛静静徘徊，不断地哀声叹气。蔷薇伸着长枝条，故意钩着行人的衣裳，仿佛牵着衣襟期待着倾吐话语，表现出无限的离情别意。找到一朵小小的残花，勉强在头巾上簪起。终究不像一朵鲜花戴在美人钗头上颤动、摇曳，向人俏媚地斜倚。花儿呵，千万不要随着潮水远远逝去。因为我怕那破碎的花儿，上面还写着寄托相思的话语，如何可以看出来呢？

精品赏析

词人借哀叹落花以抒发伤春惜花之情，同时也有寄寓身世之感。上片写春归花落，一去无迹，感叹滞留他乡的漂泊之情，下片叙东园悼花，怜香惜玉，暗写自己的身世之痛。下片开头三句，连用“岑寂”“静”二词将自然环境的凄冷和词人自身心境的凄凉娓娓道出。“长条故惹行客”一句如神来之笔，契合物性，蔷薇藤蔓上有小刺，可挂住人的衣服，故可视为实写，可是作者又另辟蹊径，借助“故惹”与“似牵衣待话，别情无极”两句，则是赋予花人的情感了，表现词人的惜花之情。立意新颖别致。“残英小”以下又分两层意思。一层是以一朵残花插在头上表示喜爱倾慕之情，一层是痛惜随水漂流的落红。并引用红叶题诗之典，委婉表现对意中美人的思恋之情。夜来风雨，葬楚宫倾国。“夜来风雨”之后的几句设想蔷薇花凋落飘零的凄惨景象。比喻精美，想象奇特而丰富，描写精当。本词虽也是伤春之作，也有词人对自己身世的感受进行寄托，但主要还是运用了多种艺术手法，抒写了悼惜春残花落的伤感。全词含蓄委婉，精深华妙，层层转折，韵味无穷。

夜飞鹊

河桥送人处，凉夜何其。斜月远、坠余晖。铜盘烛泪已流尽，霏霏凉露沾衣。相将散离会，探风前津鼓[①]，树杪参旗[②]。花骢[③]会意，纵扬鞭、亦自行迟。

迢递路回清野，人语渐无闻，空带愁归。何意重经前地，遗钿[④]不见，斜径都迷。兔葵[⑤]燕麦，向斜阳、欲与人齐。但徘徊班草[⑥]，欷歔酹[⑦]酒，极望天西。

〔字词解释〕

①津鼓：古时在渡口处设置的信号鼓。②树杪（miǎo）：树梢。参（cēn）旗：星宿名。③花骢：五花马。④遗钿（tián）：本指杨贵妃花钿委地，此处指落花。⑤兔葵：植物名。⑥班草：布草而坐。⑦欷歔（xī xū）：叹息声。酹（lèi）：以酒浇地以示祭奠。

译文

没想到在河桥送别行人，夜凉到了这般地步。残月曳着余晖远远地向西斜坠。青铜的烛盘里已流尽了蜡泪，征人的衣裳湿淋淋沾了冰凉的露水。酒宴行将散去，你要走了，携手难舍难离，可是顺风传来的鼓声就是来自前方津渡，遥望见树梢上挂着参旗九星。花马仿佛领会我的伤情别意，即使扬鞭催促，它还是慢慢前行。

迢迢的小路蜿蜒在空旷的原野上，行人的私语渐渐归于沉寂，空虚地带着忧愁归去。谁料想得经前日送别之地，她遗落的钿钗首饰不见踪迹，偏斜的小径也是昏暗迷离。兔葵、燕麦向着低照的斜阳，倒影修长要和人相齐。在以前相聚相坐的地方，现在只有我一个人伤感饮酒，望向天边。

精品赏析

本词成功地将抒写送别情人的伤感表达出来，语言清丽而情感真挚。下片写独自归来的空虚惆怅。层次井然而意致绵密，词采清丽，意味醇厚。上片叙述分别时的情景。“河桥”就是词人与情人分别之地，“凉夜”“斜月”点破离别的时间。月收余晖，则天将明矣。暗示出这对情人彻夜未眠。“探风前津鼓”一句描写珍惜时光，尽量多留一会儿的心理，细微生动，亦为人之常情。“骢马”两句剑走偏锋，以马衬人，表达了词人对恋人的依恋之情，婉转而更富感染力。下片写送别返回时的情景，人愁见景皆愁。“欷歔酹酒，极望天西”，说的是词人斟酒泼地，心情过度悲伤而伤心抽泣，极目远望着西边的天宇。这是理解全词意脉的关键。由此可知二句上片所写为昨夜之景色，天明后即可送别，或许送了情人一程，故黄昏尚未归去，最后以酹酒而祝行人，由此可见词人与恋人的情意有多么深厚。全词用倒叙笔法，起笔逆入，将昨夜与情人聚首，通宵不寐及清晨送其登船的情景，写得苍凉空旷，境界阔大。

宋词

过秦楼

水浴清蟾①，叶喧凉吹，巷陌马声初断。闲依露井，笑扑流萤，惹破画罗轻扇②。人静夜久凭阑。愁不归眠，立残更箭③。叹年华一瞬，人今千里，梦沉书远。

空见说、鬓怯琼梳，容消金镜，渐懒趁时匀染。梅风地溽④，虹雨苔滋，一架舞红都变。谁信无聊，为伊才减江淹⑤，情伤荀倩⑥。但明河影下，还看稀星数点。

［字词解释］

①清蟾(chán)：明月。②画罗轻扇：杜牧《秋夕》：“银烛秋光冷画屏，轻罗小扇扑流萤。”③更箭：古代计时器。以铜壶盛水，壶中立箭以计时。④溽(rù)：潮湿。⑤才减江淹：传说江淹年少时，梦中人授五色笔，因而文采非凡，后梦郭璞将其索回，自此诗无美句，人称“江郎才尽”。⑥情伤荀倩：三国时魏人荀奉倩，名荀粲，与其妻感情甚笃，妻亡，伤心过度，不久亦卒。

译文

皎洁明月如同经清水洗过一样，叶子在凉风里沙沙作响，听到街巷上车马喧嚣声沉寂了。那时她闲倚在井栏边，笑着扑打着飞舞的流萤，把扇子也弄破了。眼下也是夜深人静的时刻，我靠着栏杆，不去睡觉，独自愁苦，也不管时间到多晚。慨叹青春年华已经逝去，好像一眨眼的功夫就再也看不见，我们分隔千里，梦里难相见，书信难相通。

但是徒然听说，如今她的头发也稀落了，一个人也不愿梳妆，铜镜里的容颜更是日渐憔悴，根本无心装扮自己。我居住的地方正是黄梅季节，潮湿多雨，地面上满是滋生的苔藓。春天早已过去，曾经满是红花的花架也改变了模样。有谁知道我正为你百无聊赖，情伤才减啊。只有在夜空里横渡银河的陪伴下，数点疏星罢了。

精品赏析

这首词是静夜愁立，怀人伤情的作品。上片写回忆情侣。前六句实际上就是对过去美好生活的回忆，可是词人却用实写，好像是在写今天，当词人完全沉浸在过去美好生活的回忆中时，这段生活的感情与形象是明朗的、欢快的。“人静”六句辞意顿转，折笔写词人现境：自己凭栏夜久直到“残更”欲晓的“愁不归眠”，感叹情侣“人今千里”，往昔欢聚已如“梦沉”，充满怅惘失落的感伤。下片写两情眷恋。“空见说”三句借平空传言悬想爱侣对自己的相思憔悴，用“怯”“懒”二字幻化出她对镜怕见瘦容的胆怯心理和无心梳妆打扮的懒散情态。“梅风”三句把江南梅雨景物插入词中，并运用反笔手法写词人独处溧水，地卑潺湿，导致苔藓滋生的难堪境况，而借“舞红都变”的残花凋落的具象化手法，遥映“年华一瞬”，隐喻情侣的“鬓怯容消”的芳华憔悴。“谁信”几句抒写词人“为伊消得人憔悴”的相思深情：独处无聊，才思涣散，心为情伤，暗示自己对情侣如荀奉倩般生死相恋。“但明河影下，还看稀星数点”，词人看见明河渐沉星辰寥落，暗示黎明到来，表现出词人凭栏至晓，通宵未睡。全词写景摹状，情景交融，景物和感情相互融合，不同时空的画面切换、虚实相生，以实写虚，委婉动人。

花　犯

粉墙低，梅花照眼，依然旧风味。露痕轻缀，疑净洗铅华，无限佳丽。去年胜赏曾孤倚。冰盘同燕喜。更可惜[①]、雪中高树，香篝熏素被[②]。

今年对花最匆匆，相逢似有恨，依依愁悴。吟望久，青苔上、旋看飞坠。相将见、翠丸荐酒[③]，人正在、空江烟浪里。但梦想、一枝潇洒，黄昏斜照水[④]。

〔字词解释〕

①可惜：可爱。②香篝熏素被：谓白雪覆盖着梅树，犹如香篝（熏笼）上熏着素被。③相将：将要。翠丸：梅子。荐酒：佐酒。④“一枝”二句：用林逋《山园小梅》诗意：“疏影横斜水清浅，暗香浮动月黄昏。”

译文

低墙难挡，明艳的梅花在枝头非常显眼，同往年一样。花面上的露水痕迹还在，透明晶莹，就好像一位洗净铅华的美人，具有天生丽质。去年梅花开放时，我也是一个人独自观赏。我也曾经在酒宴之上，愉快地把玉盘中的青梅品尝。更令人叹息的是，雪中梅花树傲然挺立，看起来就像是盖上了一层雪白的棉被。

今年赏花时间如此仓促，就好像心中藏着太多的忧伤。我看梅花开得憔悴，我也是这样，依依惜别，满腹愁肠。我对着梅花怅望叹息，眼看着一片片花瓣，四处飘落。不久就到了青梅再来下酒的时候，而那时我再次出发，坐在船里行驶在浩如烟海的江面上。我只愿意自己化作一枝梅花，每日当夕阳西下时，静静地安然立在水边。

精品赏析

本词通过咏梅来抒发自己宦游无定、四海漂泊的寂寞感伤之情。上片从眼前之梅联想追忆到去年之梅，下片又从今年之梅联想到未来的梅子。在赏梅中融进自己游踪不定之憾。上片前六句写眼前“净洗铅华，无限佳丽”之梅花。“粉墙低”写梅花所在之院落，“照眼”写梅花的晶莹可爱。“净洗铅华”则极言梅花的本色天香之美，让人心旷神怡。后五句回忆去年独自雪中赏梅的情景。“香篝熏素被”描写雪中之梅的形与味，极其精彩。下片五句又回到眼前，说明赏梅匆匆，但是梅花已经飘坠，最后四句联想未来。想象江上以梅荐酒及梦中寻梅的情景。全篇处处写梅，而又结合自己的行踪，写出飘泊不定的生活。结构圆美流宕，浑化无迹。这首词分成过去、现在、未来三个阶段去写梅花，并且三个阶段的描绘表现了三种不同的情怀，并且以梅花自喻，委婉曲折。首尾呼应，迂回反复，井然有序。

解语花·上元

风销焰蜡，露浥红莲①，花市光相射。桂华流瓦。纤云散，耿耿素娥②欲下。衣裳淡雅，看楚女、纤腰③一把。箫鼓喧，人影参差，满路飘香麝。

因念都城放夜④。望千门如昼，嬉笑游冶。钿车罗帕。相逢处，自有暗尘随马。年光是也。惟只见、旧情衰谢。清漏移，飞盖⑤归来，从舞休歌罢。

〔字词解释〕

①浥(yì)：沾湿。红莲：指莲花形的灯。②素娥：嫦娥。③楚女、纤腰：《韩非子·二柄》："楚灵王好细腰，而国中多饿人。"杜牧《遣怀》："楚腰纤细掌中轻。"④放夜：旧时都城有夜禁，街道断绝通行。唐代起正月十五夜前后各一日暂时弛禁，准许百姓夜行，称为"放夜"。宋沿唐制。⑤飞盖：疾驰的车辆。盖，车篷，此代车。

译文

春风吹尽烛泪，露水沾湿了花灯，花市里的彩灯光焰明艳。月亮的光华流溢于屋瓦。淡淡的云缕消散，天宇空明，嫦娥翩然欲下。衣裳多么淡雅，看南国娇娃，腰肢苗条恰一把。凤箫锣鼓喧天，人物繁盛，大街上女人的红袖中散发着醉人的香气。

由此想起每年的元宵节京城开放夜禁，看到皇宫千门彩灯辉煌如同白昼，士女们嬉笑遨游。装饰金花的彩车里香帕传情。多情人相逢，自然会扬起尘埃跟在她的马后。今年光景想必依旧，但只是我旧日的豪情已然衰朽。更漏夜色渐深，飞驰着车返回见情人，任凭歌舞直到罢休！

精品赏析

这首词是词人飘流他乡，正好赶上当地元宵节时所作。是一篇忆旧感怀之作，不失为佳作。此词既写出了地方上过元宵节的情景，又回顾了汴京上元节的盛况，然后归结到抒发个人身世之感。上片描绘了元宵夜的灯节花市，烛花跳动，花灯艳丽，尽管露水侵袭把灯笼纸打湿，而灯笼的烛火仍旧旺盛。月光与花市灯火互相辉映，整个世界都晶莹透亮，嫦娥也想下来参加人间的欢庆。苗条的楚地姑娘在花市嬉戏，箫鼓喧闹，满路溢香。构思巧妙，设想奇特，“箫鼓喧、人影参差，满路飘香麝”二句，将当时的热闹场面从声、形、味三个方面点出。下片抚今追昔，回忆“昔日”京都的元宵。着重从大处着笔。“钿车罗帕”凸显都市特点，与上阕“楚女纤腰”及“箫鼓”进行鲜明对照，脉络清晰。“暗尘随马”写夜市繁华。从“年光是也”开始抒情，抒发今不如昔的际遇和伤感。此作结构缜密，厚重顿挫，极具匠心。从下片开始，词人表达出晚年抑郁低沉的精神状态。“钿车罗帕”三句所构成的细节嵌入其中，“钿花”写车之美，“罗帕”点明车主身份，“相逢处”点明是邂逅相逢，“自有暗尘随马”，暗示一位骑马之人偶遇国中美女便暗暗相随。这或许是作者自己的亲身经历或体验，或许表现出当时的社会习俗。全词虽然写了不少当时的繁华和热闹，同时也表现出了淡淡的感伤，整首词一气呵成，别具韵味，流露出词人晚年抑郁低沉的思想状态。

宋词

蝶恋花

月皎惊乌栖不定①。更漏将残，轳辘牵金井②。唤起两眸清炯炯③，泪花落枕红绵冷。

执手霜风吹鬓影④。去意徊徨⑤，别语愁难听⑥。楼上阑干横斗柄，露寒人远鸡相应。

〔字词解释〕

①月皎惊乌栖不定：辛弃疾《西江月》“明月别枝惊鹊”本此。② 轫辘(lì lù)：象声词。指辘轳车所发出的声音。③炯(jiǒng)炯：光亮貌。④霜风吹鬓影：李贺《咏怀二首》(其一)：“弹琴看文君，春风吹鬓影。”有夫妻相怜之意。⑤徊徨(huái huáng)：徘徊，彷徨。⑥难听：不忍听。

译文

皎洁明亮的月光惊醒了乌鸦，乌鸦不能安歇叫个不停。更漏将要滴尽，屋外摇动辘轳在井里汲水的声音传进房间。这声音使女子的神情更加忧愁，一双美丽明亮的眼睛流下泪水，她一夜来眼泪一直流个不停，连枕中的红绵都湿透了。

两人牵手来到了庭院，霜风无情地吹乱了她的头发。离别的双方难舍难分，告别的话儿听得让人落泪断肠。楼上星光正明亮，北斗星横在夜空。天色渐明，远处传来鸡叫，仿佛催人分别。

精品赏析

这首词专写别情。离愁别绪渲染着这首词，抒写离情别绪虽然是词中常见的题材，可是这首词却写得与众不同，别具一格。

词作上片描述离别之前的场面。开首三句自成一段，表现由深夜到天将晓这一段时间的进程。“月皎惊乌栖不定”，描绘的是深夜，月光皎洁明亮，栖乌误以为天亮而惊起噪动。这是从听觉和视觉，主要是听觉（着重在乌啼，不在月色）方面的感受概括出来的，暗示即将动身上路者整夜不曾合眼。“更漏将残，轫辘牵金井”，时间在推移，更残漏尽，天色将明，井边响起了轫辘声，已有人汲水了。这纯是从听觉方面来写。“轫辘”，应作“辘轳”，井上用来拉吊桶的滑车。“金井”，饰有雕栏之井，诗词中多用为井的美称。这三句写从深夜到曙色欲破之景况，均由离人于枕上听得，为下文“唤起”作铺垫。

词作下片写别时及别后之情景。“执手霜风吹鬓影。去意徊徨，别语愁难听。”这三句写分别时两人依依惜别难分难舍的场景。“霜风吹鬓影”，这句景中含情，表现出临别仓促和极度悲伤，来不及也无心情梳妆打扮的情态，极其生动传神，在行人心中刻印下别前最深刻之印象。“霜风”吹拂，鬓发散乱，将当时的暗淡凄凉的心境和环境描述得严丝合缝。“徊徨”，即“徘徊”，“去意徊徨”，表明行人几度要走，几度却又转回；此外，又表现行人心绪不宁，“彷徨”无主之状。“难听”，这句话正话反说，由于过分难过，那些原本情意绵浓的话语就是听不下去。结末二句，写别后之景象：“楼上阑干横斗柄，露寒人远鸡相应。”前句写空闺，后句写旷野，一笔而两面俱到。闺中人天涯之思，行人留恋之情，均不是用言语所能说尽的，故以景结束全词，收到言有尽而意无穷的效果。“阑干”，横斜貌。乐府《善哉行》：“月落参横，北斗阑干。”“横斗柄”，北斗星柄横斜低移，指天亮时分。

全词将别前、别时及别后之情景，都一一写到，都一一用心描绘，场景一幅幅连续延伸。词中没有感情的直接抒发、喷薄阐述，而主要是靠所描绘的不同画面，并配以不同的声响，形象地体现出时间的推移、场景的变换、人物的表情与动作的贯串，充分地表现出难舍难分的离情别绪。词作还特别精心刻画某些具有特征性的事物，如惊乌、更漏、轫辘等；着意提炼一些动词与形容词，如栖、牵、唤、吹、冷等，增强了词的表现力，烘托出浓厚的时代气息与环境气氛。

解连环

怨怀无托。嗟情人断绝，信音辽邈。纵妙手、能解连环，似风散雨收，雾轻云薄。燕子楼[①]空，暗尘锁、一床弦索[②]。想移根换叶，尽是旧时，手种红药[③]。

汀洲渐生杜若[④]。料舟依岸曲，人在天角。谩记得、当日音书，把闲语闲言，待总烧却。水驿春回，望寄我、江南梅萼[⑤]。拚今生、对花对酒，为伊泪落。

〔字词解释〕

①燕子楼：在今江苏省徐州市。相传为唐贞元年间尚书张愔之爱妾关盼盼居所。张死后，盼盼念旧情不嫁，独居此楼十余年。白居易曾写《〈燕子楼〉诗序》。后以“燕子楼”泛指女子居所。②弦索：指乐器。③红药：红芍药。④杜若：香草名。《楚辞·九歌·湘君》：“采芳洲兮杜若，将以遗兮下女。”⑤望寄我、江南梅萼：用南朝陆凯寄梅事。

译文

幽怨的心情谁与寄托，嗟叹情人天涯远隔，音书渺茫无着落。纵然有妙手，能解开连环套索，摆脱感情纠葛，双方的情意难免会淡漠，如同风雨一样消散，就像云雾一样轻薄。佳人居住的燕子楼已是空舍，灰暗的尘埃封锁了，满床的琵琶琴瑟。楼前花圃根叶全已移载换过，往日全是，她亲手所种的红芍药香艳灼灼。

江中的沙洲渐渐长了杜若。我想她正在沿着曲曲弯弯的河岸划动小舟，在天涯海角漂泊。空记得，当时情话绵绵，还有音书寄我，可是现在那些闲言闲语令我睹物愁苦，等到我将这些全都付之一炬。春天又回到水边驿舍，希望她还能寄我，一枝江南的梅萼。我不惜一切对着花，对着酒，为她伤心流泪。

精品赏析

解连环，典故出自《战国策·齐策》“秦始皇（鲍彪注本作秦昭王）尝使使者遗君王后玉连环，曰：‘齐多知，而解此环不？’君王后以示群臣，群臣不知解。君王后引椎椎破之，谢秦使曰：‘谨以解矣。’”周邦彦词有“纵妙手、能解连环”句，即用此典，因取为调名。又名《望梅》《杏梁燕》。这首词表达了一种“怨怀无托”的复杂情感，也寄寓了一种相思之苦。上片抒发情人远去，音讯全无，即便心生怨情，只因不知远人心事，所以怨情无托，此正是可悲之处。环顾四周，陈迹宛然，睹物思人，远人如在面前。下片写春天来临，杜若渐萌，远人别去经年，行舟随水远去，料想已在天涯。忆当初，红笺密字，音书不断，而今读来，寄来的信中都是闲言淡语，恨不得付之一炬，以此消除心中愤恨。现已春暖冰消，水驿通航，怎不能，把江南春梅，寄我一枝，聊解苦忆呢？无人陪伴，花下独斟，凄清已极，犹有不辞，拼却今生，为伊泪落。

拜星月慢

夜色催更，清尘收露，小曲幽坊[1]月暗。竹槛灯窗，识秋娘[2]庭院。笑相遇，似觉琼枝玉树，暖日明霞光烂。水眄兰情[3]，总平生稀见。

画图中、旧识春风面[4]。谁知道、自到瑶台畔。眷恋雨润云温，苦惊风吹散。念荒寒、寄宿无人馆。重门闭、败壁秋虫叹。怎奈向、一缕相思，隔溪山不断。

〔字词解释〕

①小曲幽坊：唐制，妓女所居曰“坊曲”。②秋娘：唐代妓女的通称。白居易《琵琶行》：“曲罢曾教善才伏，妆成每被秋娘妒。”③水眄（miǎn）兰情：唐韩琮《春愁》诗：“吴鱼岭雁无消息，水眄兰情别来久。”此化用其诗意，用以形容作者思念的女子明亮的眼睛和温馨的情感。④画图中、旧识春风面：语本杜甫《咏怀古迹五首》诗“画图省识春风面”。

译文

入夜极深，似乎在催着天明，更声渐又紧急。清清的露水如同洗尘，让地面没有纤尘。月色幽静，小巷僻坊里一片迷茫。我又见到那竹栏和灯光明亮的小窗，这是她的庭院。她因我们能见面开心。相遇的时刻笑靥如花，似乎看到了琼枝玉树，你的面容光艳，就好像一轮暖日，又好像一片绚丽的朝霞。她的眼神明如秋水楚楚动人，温柔清雅宛若一株幽兰。这样绝代佳人，人间都少见。

之前也就只在画中目睹芳容，这种绝世的美丽让人如倾如醉，没想到有一天自己竟真能与她相伴。我们互相情意绵绵。无奈人世无常，将我们分开，我心里哪堪孤独。如今我独自一人在荒郊野外，悄无声息，重门紧关。唯有秋虫在声声重复忧伤的歌。无可奈何，我的相思之情，虽然隔着万水千山，却无法断绝。

精品赏析

这首词歌咏美丽的情人，作者想象奇特，为读者描绘了一幅动人的女性画像。上片写初见情人时的清幽环境及喜不自胜的情怀，描写细致生动。下片前半继续写往日的欢情，中间用“苦惊风吹散”轻轻一点，将前文中回忆的情景化实为虚，变成一种满天嗟叹。结尾几句表达环境的凄苦和相思的难耐。上片不惜篇幅，极力描写佳人非同寻常的美丽，最后以“总平生稀见”一句，总结为自己目交心许的幸遇之情。笑相遇，似觉琼枝玉树相倚，暖日明霞光烂。“笑相遇”以下几句写乍见美人时“惊艳”的感受，不用明眸皓齿类的直接描写，而是在虚处着力，以自己的感受入手，绝妙精彩而不落俗套。上片追溯未见美人时的倾慕，加倍写见美人两情相依的难能可贵；下片在感情上有较大起落，“苦惊风吹散”句，将作者当时内心的苦楚以及回肠百转的相思之苦描摹得淋漓尽致。全词结构上将虚实结合，描写传神而动人。

关河令

宋词

秋阴时晴渐向暝①。变一庭凄冷。伫听寒声，云深无雁影。

更深人去寂静。但照壁、孤灯相映。酒已都醒，如何消夜永②。

〔字词解释〕

①暝（míng）：日暮，天黑。②夜永：长夜。

译文

秋天的天气如同小孩一样反复无常，阴晴不定，最终开始变得昏暗，惹得庭院一片冷清。我一个人呆呆地立在秋风中，静静地听着带有凉爽的秋声。云色暗下来，却没有大雁来来往往的身影，只能听到一声一声凄凉声音。

夜入深更人声寂静，天地间静静无声。屋子里，孤灯独悬对着空荡荡的房间。我的酒意已经清醒，伴着这忽明忽暗的孤灯，一个人怎能度过这漫漫的长夜，熬到天亮？

精品赏析

本词抒发人在异乡的羁旅之苦，作者选取典型景物，融情于景，借景抒情，语言清新沉郁，具有极强的感染力。上片开头两句描绘一个多阴少晴的秋景，而且已近昏暮。这情景与旅人的苦闷迷茫的心境极为相似。景为情取，情借景观，主体心境与客观景物相契合，这便是常说的意境。“伫听寒声，云深无雁影。”这两句写独立听寒声，这寒声和云深处的雁鸣之间似乎有着一些联系，处于两可之间，作者不便言明，读者可以发挥想象的空间。但旅人百无聊赖的神情却表现得极为充分。下片开头说“人去”后的寂静。上片无人，下片忽而有人，有些突兀。此人是何人？情人？朋友？均不是，乃陌生的旅客也。人在异乡投宿，熬不住的寂寞让人无助，此时就算是陌生人，只要住在一起，也可以相互搭话聊天以得到些许慰藉。但夜已深，那些人也离去，故更感到凄凉孤独。只有孤灯映照着空屋而已。酒已都醒，如何消夜永？原来曾借酒浇愁，到深夜酒意已尽，怎么挨到天亮呢？时间越来越久，这种苦闷越来越深，情和景同时推进。取境典型，结句直接抒情。语言格调清峭，情味悠远清长。

宋词

绮寮怨

上马人扶残醉，晓风吹未醒。映水曲、翠瓦朱檐，垂杨里、乍见津亭。当时曾题败壁，蛛丝罩，淡墨苔晕青。念去来、岁月如流，徘徊久、叹息愁思盈。

去去倦寻路程。江陵旧事[①]，何曾再问杨琼[②]。旧曲凄清。敛愁黛、与谁听。尊前故人如在，想念我、最关情。何须《渭城》[③]。歌声未尽处，先泪零。

〔字词解释〕

①江陵旧事：指作者居住在荆州的生活。江陵：今属湖北省。②杨琼：本名播，少为江陵歌妓。白居易《寄李苏州兼示杨琼》："真娘墓头春草碧，心奴鬓上秋霜白。为问苏台酒席中，使君歌笑与谁同。就中犹有杨琼在，堪上东山伴谢公。"③《渭城》：指送行的离歌。唐王维《送元二使安西》诗有"渭城朝雨浥轻尘""西出阳关无故人"句，后人谓之《渭城曲》或《阳关曲》。

译文

宿酒残醉，醉意蒙眬之中姑且上马而行。晚风清凉吹着，我还是半梦半醒。经过弯曲的河畔，看见翠瓦朱檐在水中倒映，垂杨和津亭都掩映在朦胧的波光里。记得那个时候我曾在残破的墙壁题诗表明我的志向，而今时日已久，墙壁上结着蜘蛛丝网笼，淡淡墨迹上有青苔铺过的影子，想到人生一世沉沉浮浮，时间就像江河一样奔流不停。徘徊良久，终于长叹一声，愁思岂能停止。

走得多了已经厌倦再往前寻找路程。最难忘却的还是往年听歌的旧事，而从此后再没有见过唱歌的那位丽人。她唱着旧日的歌曲，歌声与从前一样动人，只是她心中含愁，又有谁是知音？以前的酒友如果也在这里，定会想念我，虽然不出关，但一曲《渭城曲》，曲未唱完，我已涕泪零零，感动不已。

精品赏析

这首词主要意旨在于抒写别恨。醉中酒醒，心中的忧愁始终无法消除，由此可知伤心事太多，酒醉也不能缓解。词人酒后似醒未醒时，忽见一处败壁上有自己的墨迹，兴奋过后，就有更多的失望和惆怅奔涌而来，让人心生无数的感叹。词的上片，写当年津亭题壁处，如今蛛丝笼罩，苔晕青青，岁月如流，使人感叹不尽。词的下片，写此身仍在行役，旧事不忍重提。淡淡墨迹上的青苔晕影，人生苦短，时间如流水，久久徘徊，叹息声声，愁思盈盈。"旧曲"二句一转，想念其人之曲，无人共听。"尊前"五句语意在变，说那个人如在，也就只有我最关情，定将为其一掬知音之泪。"去去倦寻路程，江陵旧事，何曾再问杨琼。""倦寻"与"何曾"写对官场、情场的厌倦。主人公不忘旧情，感情真挚而流畅，纯真自然，入人心田。

李重元

李重元（生平不详），宋徽宗宣和前后（约 1122 年）在世，工词。

宋词 忆王孙

萋萋芳草忆王孙①，柳外楼高空断魂。杜宇②声声不忍闻。欲黄昏，雨打梨花深闭门。

〔字词解释〕

①王孙：古代对贵族子弟的敬称，后指远行的人。②杜宇：杜鹃鸟，传说是古蜀帝杜宇的魂魄所化，故名杜宇。

译文

春天茂盛的芳草让我想念着在外的远游人。我凭倚在高楼上，杨柳成荫天空高远，可是看不见他回来只能徒自伤神。杜鹃的叫声更加凄厉悲哀，令人不能再听。时近黄昏，风雨打落梨花，我不忍再看关上了房门。

精品赏析

这是一首闺怨词。高楼望远思远人是此词的主要内容。这首词的主题是春愁闺怨。词人通过写景，传达出一种伤春怀人的意绪，在景物中将思妇的孤独寂寞传神地表达出来。

赵佶

赵佶(1082年—1135年)，即宋徽宗，神宗第十一子，1100年—1125年在位。传位给长子赵桓(宋钦宗)后，被尊为教主道君太上皇帝。靖康二年(1127年)，金兵攻陷汴京，他与钦宗一起被俘入金，后囚死于五国城(今黑龙江省依兰县)。赵佶精通诗词、书画、音乐、歌吹，多才多艺。但政治上昏聩，重用奸臣，导致亡国。现存词十七首，早年词风秾艳，晚期情调凄凉。

燕山亭·北行见杏花

宋词

裁剪冰绡①，打叠数重，淡着燕脂匀注②。新样靓妆③，艳溢香融，羞杀蕊珠宫④女。易得凋零，更多少、无情风雨。愁苦。闲院落凄凉，几番春暮。

凭寄离恨重重，这双燕，何曾会⑤人言语。天遥地远，万水千山，知他故宫何处。怎不思量，除梦里、有时曾去。无据⑥。和⑦梦也、新来不做。

〔字词解释〕

①冰绡(xiāo)：轻薄洁白的绢。这里指杏花花瓣像白色薄绢。唐王勃《七夕赋》："停翠梭兮卷霜縠，引鸳杼兮割冰绡。"②燕脂：同"胭脂"。匀注：涂抹均匀。③靓妆：艳丽的妆扮。鲍照《代朗月行》："靓妆坐帷里，当户弄清弦。"④蕊珠宫：道教经典中所说的仙宫。周邦彦《汴都赋》："蕊珠、广寒、黄帝之宫，荣光休气，艟胧往来。"赵佶信奉道教，自号教主道君皇帝。⑤会：理解。⑥无据：无所依凭。宋谢懋《蓦山溪》词："飞云无据，化作冥蒙雨。"⑦和：连。

译文

这杏花就像裁剪好白色的丝绸，将它轻轻地叠成几层，又将淡淡的胭脂均匀地涂注。按新的式样打扮漂亮，绚丽的色彩芳香四溢，就连那天上蕊珠官的仙女也自叹不如。她本来就容易凋谢，更不用说经历了许多无情的风雨。这情景已使她深感愁苦，请问凄凉冷落的庭院，还要经受多少个春暮？

谁来托寄这深重的离恨啊，这双南飞的燕子，岂能懂得人间的言语。我这里离京城天遥地远啊，万水千山阻隔，如何得知故宫现在何处。我怎能不日夜思念啊，除非在梦中有时曾回去。但是连这也办不到啦，因为我有时整夜难眠连梦也不做。

精品赏析

此词是宋徽宗赵佶于1127年与其子钦宗赵桓被金兵掳往北方时途中所写，是作者身世、遭遇的悲惨写照。全词通过写杏花的凋零，借以哀伤自己悲苦无告、横遭摧残的命运。

词之上片先从杏花下手，用细腻的语言描绘杏花，将杏花的外形、神态描绘得惟妙惟肖，勾勒出一幅绚丽的杏花图。近写、细写杏花，是对一朵朵杏花的形态、色泽的具体形容。词人将杏花的花瓣比喻成一叠叠冰清玉洁的丝绸，经过春天的巧手裁剪而出，又逐步匀称地晕染上浅淡的胭脂，花儿朵朵都是那样精美绝伦地呈现人们眼前。“新样”三句，先以杏花比拟为装束入时而匀施粉黛的美人，杏花容颜光艳照人，阵阵暖香袭人，胜过天上蕊珠宫里的仙女。“羞杀”将天上仙女与杏花相比，让天上仙女也自愧不如，由此进一步衬托出杏花的形态、色泽和芳香都是不同于凡俗之花，也充分表现了杏花盛放时的动人景象。

而后作者笔锋突转，又将杏花遭到风雨摧残后的黯淡场景展现在读者面前。柳永在《木兰花慢》中写过：“正艳杏烧林，缃桃绣野，芳景如屏。”可是为时不久就逐渐凋谢，词人不仅是怜惜杏花，而且也兼以自怜。这时词人以杏花自比，作者以帝王之尊，降为阶下之囚，流徙至千里之外，其心情之愁苦非笔墨所能形容，杏花的烂漫和“易得凋零”引起他的种种感慨和联想，往事和现实交杂一起，使他感到杏花凋零，犹有人怜，而自身沦落，却只空有“故国不堪回首月明中”的无穷慨恨。愁苦之下接一“问”字，其含义与李后主的“问君能有几多愁，恰似一江春水向东流”亦相仿佛。

词的下片开始从杏花转变到词人自身的境遇，词人心境凄凉，沉痛哀诉自身的悲惨遭遇，将词人内心的无限苦痛表现在词上。想让燕儿寄去重重离恨，无奈它们又怎么能够领会和传达自己的千言万语；音讯断绝，对故国家园有无限的思念。“天遥”两句叹息自己父子降为臣虏，与宗室臣僚三千余人被驱赶着向北行去，路途是那样的遥远，艰辛地跋涉了无数山山水水，“天遥地远，万水千山”这八个字，概括出他被押解途中所受的种种折磨。而想要在梦中求得安慰，但是几次都睡不着，何来梦境。

吕本中

吕本中（1084 年—1145 年），字居仁，号紫薇，为南宋初道学家，世称东莱先生，寿州（今安徽寿县）人。绍兴六年（1136 年）赐进士出身。历官中书舍人等，晚年深居讲学。词集有《紫薇词》。

采桑子

恨君不似江楼月[①]，南北东西。南北东西，只有相随无别离。

恨君却似江楼月，暂满[②]还亏。暂满还亏，待得团圆是几时？

〔字词解释〕

①江楼月：江楼上空的月亮。②满：圆。

译文

恨你不似这江楼明月，无论是从南到北，从东到西，都能形影相随没有分离。

但是恨你就像这江楼明月，圆了又缺，缺了又圆，不知等到下次团圆是什么时候？

精品赏析

这是一首抒写闺怨、感叹离情别绪的词。作者用白描的手法，表达自己真挚的思念，具有浓烈的民歌味道。而“江楼月”是全部的喻体，词人在上片里赞美“江楼月”“南北东西，只有相随无别离”；而下片里写“江楼月”，“暂满还亏，待得团圆是几时”，是难得团圆的恨词。一赞一恨说明了团圆的不易，情真意切，更加饱满充实。

李清照

李清照（1084年—约1155年），号易安居士，山东历城（今济南市）人。从小才华横溢，后来嫁给赵明诚，夫妻恩爱。南渡前，家庭生活平静美满。靖康之难后，经历了离乱和丈夫赵明诚病逝的挫折，她的词风改变。李清照是诗、词、散文都有成就的作家，而以词的成就最高。她的词在艺术上具有独创性，取用的意象新颖别致，语言清新明快，不盲从前人。

如梦令

宋词

昨夜雨疏风骤①，浓睡②不消残酒。试问卷帘人③，却道海棠依旧，知否？知否？应是绿肥红瘦④！

〔字词解释〕

①雨疏：指大雨。②浓睡：指酒后酣睡。③卷帘人：指卷帘的侍女。④绿肥红瘦：指海棠叶大花残。

译文

昨夜下了一场小雨，晚风急猛，睡了一夜还是余醉未消。问卷帘的侍女：海棠花没什么事吧？她说海棠花还像以前那样。真的这样吗？我恐怕应是绿叶繁盛，红花凋零。

精品赏析

这首小令别具匠心，表面上是惜花爱花，实际上是以花喻人，把花事与自己的心事相互联系。词人惜春爱春，就像珍惜美好的青春年华一样。

点绛唇

蹴罢秋千[1]，起来慵整纤纤手。露浓花瘦，薄汗轻衣透。

见客人来，袜刬[2]金钗溜。和羞[3]走，倚门回首，却把青梅嗅。

〔字词解释〕

①蹴（cù）：踏。蹴罢秋千：荡完秋千。②袜刬：只穿着袜子就走。③和羞：含羞。

译文

春日清晨，她在花园内刚刚荡完秋千，两手有些酸，懒懒地垂了下来。瘦弱的花朵上露珠晶莹；而她身上香汗渗透了罗衣薄衫。

这时一位客人前来。她猝不及防，穿着袜子就要走，连金钗也滑落下来。刚走到门口，她回眸偷瞧，却嗅着青梅，边嗅边看。

精品赏析

这首词为我们塑造了一个天真、调皮的少女形象。通过这些具体的动作描写，将这位少女的天真、可爱写得形象而生动，最后一句更是传神地写出了少女的调皮神态，让人有亲眼所见的感觉。

如梦令

常记溪亭日暮，沉醉不知归路。兴尽晚回舟，误入藕花深处[1]，争[2]渡？争渡？惊起一滩鸥鹭。

〔字词解释〕

①藕花：荷花。②争：怎么。

译文

记得曾经常去游溪亭，而且都是日暮时分才回家，但是那次沉迷风景而忘记了回去的路。直玩到尽兴才乘舟返回，却最终进入莲藕深处。怎么渡呢，怎么渡呢，惊醒了将要栖息沙滩的鸥鹭。

精品赏析

这首词选取年少游玩的一个片段，是作者对昔日悠闲美好生活的追忆。

词人未曾刻意写景抒情，但荷花之美、溪边景物的绝佳以及少女可爱天真的情怀，都蕴含其中。

减字木兰花

卖花担上，买得一枝春欲放①。泪②染轻匀，
犹带彤霞晓露痕。
怕郎猜道，奴面不如花面好③。云鬓斜簪，
徒要教郎比并看④。

〔字词解释〕

①春欲放：指含苞待放的花。②泪：喻指露珠。③奴：古代女子自称。④徒：只，郎：指丈夫。

译文

从卖花郎的挑担上我买了一枝即将盛开的花，露珠还在，花色艳如红霞，楚楚动人。

我怕丈夫看了花之后会认为我的美貌比不过花。于是我将花插在云鬓间，让花与我的脸庞相互争艳，教丈夫看一看，到底哪个更漂亮。

精品赏析

这首词用词人的女性视角，抒写了自己的细腻情怀，写得娇美动人。比前人男词人描摹女性的词显得更加俏丽和真实感人。词人通过买花、赏花、戴花、比花的过程，生动地表现了年轻词人天真、好胜的性格。语言生动活泼，生活气息浓厚。

宋词

醉花阴

薄雾浓云愁永昼①，瑞脑消金兽②。佳节又重阳，玉枕纱厨③，半夜凉初透。

东篱把酒黄昏后，有暗香盈袖④。莫道不消魂，帘卷西风，人比黄花瘦。

〔字词解释〕

①永昼：漫长的白天。②瑞脑：一种香料名。③纱厨：纱帐。④暗香：幽香，指菊花的香气。

译文

薄雾弥漫，云层稠密，烦恼在白天无休无止，香料在金兽香炉中烧完了。又到重阳佳节，天气变凉，我在轻薄的纱帐里躺着，半夜的凉气就开始浸透过来。

在东篱喝酒一直到黄昏以后，淡淡的菊香染透双袖。怎么能说不消魂呢，西风卷起珠帘，我比那菊花还要消瘦。

精品赏析

此乃一篇相思之作。上片写雾气蒙蒙，浓云稠密，漫长的白昼让人备受煎熬，孤寂让人难以承受；下片写重阳一个人喝酒，无奈感叹，人比黄花瘦。

声声慢

寻寻觅觅，冷冷清清，凄凄惨惨戚戚。乍暖还寒时候①，最难将息②。三杯两盏淡酒，怎敌他、晚来风急。雁过也，正伤心，却是旧时相识。

满地黄花堆积。憔悴损、如今有谁堪摘。守着窗儿，独自怎生③得黑。梧桐更兼细雨，到黄昏、点点滴滴。这次第④，怎一个愁字了得。

〔字词解释〕

①乍暖还寒：秋日里忽冷忽热的天气。②将息：休养。③怎生：怎样。④这次第：这种情状。

译文

四处搜索寻觅，感觉空空荡荡冷冷清清，心中倍感孤独凄冷。这天气忽冷忽热，真让人难以调养。喝两杯淡酒取暖，抵不住深秋寒气。恰好在我伤心时候，猛抬头就发现大雁，大雁啊为谁传信，好像在故乡认识。

满院菊花，遍地堆积，饱经忧患人憔悴，哪还有心思摘取？独个儿守着寒窗，该怎样挨到天黑。天气到了黄昏时，雨打梧桐，一滴滴滴到心里。这光景最难忍受啊，哪能用一个“愁”字说得过去！

精品赏析

这首词表现了悲秋的主题，词人感伤身世，心境凄冷，所以词作也显得有些低沉和凄清。上片起首连用十四个叠字，手法巧妙，表现一个人心头盲目、心神不宁、若有所失的神态。继而以酒浇愁，目送秋鸿，心中平添许多怅惘。下片词人伤心感时，环顾自家庭院，看到满地黄花堆积，伤心人却无心摘赏。终日枯坐无聊，独自一人，如何挨到天黑，就算是黑夜到来，那又如何，黄昏时分，看到秋雨绵绵，雨打桐叶，把词人愁得无可奈何，此情此景，哪里是一个“愁”字，就能概括得了。

念奴娇

萧条庭院，又斜风细雨，重门须闭。宠柳娇花寒食近，种种恼人天气。险韵[①]诗成，扶头酒醒，别是闲滋味。征鸿[②]过尽，万千心事难寄。

楼上几日春寒，帘垂四面，玉阑干慵倚。被冷香消新梦觉，不许愁人不起。清露晨流，新桐初引[③]，多少游春意。日高烟敛，更看今日晴未？

〔字词解释〕

①险韵：以生僻难押字押韵。②征鸿：飞翔的鸿雁。③“清露”二句：语出《世说新语·赏誉》。初引：刚刚发芽。

译文

庭院如此萧条冷落，偏偏又在此时吹来了斜风细雨，只好将一层层的院门关上。春时到，娇花即将开放，嫩柳也渐渐染绿。寒食节即将临近，又到了令人烦恼的时日，推敲险仄的韵律写成诗篇，从沉醉的酒意中清醒，还是闲散无聊的情绪，别有一番闲愁在心头。鸿雁尽行飞过，但是心中的千言万语再也无人可以寄托。

接连好几天楼上春寒凛冽，帘幕垂得很低。心境很糟，哪里会有心情再去倚着玉栏杆。锦被清冷，香火已消，我从短梦中醒来。这情景，使本来已经愁绪万千的我不能安卧。清晨的新露涓涓，新发芽的桐叶一片湛绿，不知增添了多少游春的意绪。太阳起得这么早，晨烟渐渐升腾，再看看，今天也许又是一个放晴的好天气。

精品赏析

这首词描绘寒食节将要到来，初春好时节，但是词人独守空闺，不停地思念远方的丈夫。黄氏《蓼园词评》："只写心绪落寞，遇寒食更难遣耳。徒然而起，便而深邃。至前阕云'重门须闭'，次阕云'不许''不起'，一开一合，情各戛戛生新。起处雨，结句晴，句法浑成。"这首词表现了词人在初春时节思念外出丈夫的感情，其百般落寞的情怀和词句千百年来让人们反复玩味，余韵无穷。

一剪梅

宋词

红藕香残玉簟秋①，轻解罗裳，独上兰舟。
云中谁寄锦书来？雁字回时②，月满西楼。
花自飘零水自流，一种相思，两处闲愁。
此情无计可消除，才下眉头，却上心头。

〔字词解释〕

①玉簟：竹席的美称。②雁字：雁群飞时，有时排成"人"字，有时排成"一"字。

译文

荷花谢，香已消，竹席微冷透出秋意。提起罗裙，独自登上兰舟。仰头望远，白云深处是否有人将锦书寄来呢？大雁列阵南归，月光皎洁洒满西楼。

落花在流水中漂流，一种离别的相思，惹来两地的闲愁。这种相思之情无法排除，才从微蹙的眉峰消失，又偷偷地缠绕上心头。

精品赏析

这首词是词人新婚不久思念离别丈夫的作品。整首词将这种思情描写得入木三分，丝丝入理，而“才下眉头，却上心头”也成为千古佳句。

永遇乐

落日镕金，暮云合璧，人在何处？染柳烟浓，吹梅笛怨[1]，春意知几许！元宵佳节，融和天气，次第岂无风雨？来相召、香车宝马，谢他酒朋诗侣。

中州[2]盛日，闺门多暇，记得偏重三五[3]。铺翠冠儿，捻金雪柳，簇带争济楚[4]。如今憔悴，风鬟霜鬓[5]，怕见夜间出去。不如向、帘儿底下，听人笑语。

〔字词解释〕

①吹梅笛怨：笛曲《梅花落》凄婉哀怨。②中州：河南一带古称中州。此处指汴京。③三五：指元宵节。④簇带：插戴满头。济楚：整洁貌。⑤风鬟霜鬓：头发斑白零乱。

译文

落日的光芒似乎是熔化了的金水。暮云仿佛碧玉一样晶莹鲜艳。但是我现在又流落在哪里呢？新生的柳叶如绿烟点染，《梅花落》的笛曲中传出声声幽怨。春天的气息已露端倪。但在这元宵佳节融和的天气，又怎能知道不会有风雨出现？有几位酒朋诗友驾着豪华车马前来相召，我心绪不佳，只能婉言相拒。

当年汴京繁盛的时候，许多闺中少女有闲暇时间，尤其看重这正月十五元宵佳节。帽子镶嵌着翡翠宝珠，身上带着金捻成的雪柳，个个打扮得俊丽翘楚。如今容颜憔悴，头发蓬松也无心梳理，更怕在夜间出去。心底慵懒，不如从帘儿的底下，偷听别人的欢声笑语。

精品赏析

这首词写词人晚年流寓临安时的生活境况。上片开头两句景色宜人，气度不凡，一抹亮色突然而降，使人顿觉眼前明亮。继而引出“人在何处”的疑问，隐含了人在异乡的漂泊之感。接下来描写盎然春意，满城烟柳，笛声远远传来，一切那么美好，词人在此又用一个反问将词义再度颠覆：“次第岂无风雨？”一个反问蕴含了词人对世事沧桑，变幻莫测的顾虑。这也正是词人谢绝邀请，不愿出游的原因。下片“中州盛日，闺门多暇，记得偏重三五。铺翠冠儿，捻金雪柳，簇带争济楚”，这六句忆昔，剩余五句伤今，结句“不如向、帘底下，听人笑语”，读之让人心酸，反思世事的波折和辛酸。

武陵春

风住尘香花已尽①，日晚倦梳头。物是人非事事休，欲语泪先流。

闻说双溪春尚好，也拟泛轻舟。只恐双溪舴艋舟②，载不动，许多愁。

［**字词解释**］

①尘香：指尘土中的落花残瓣。②舴艋舟：形似蚱蜢的小船。

译文

春风停，残红飘落碾作尘土。傍晚时分，我坐在镜子前，却已是无心为自己梳妆。眼前风景未变，但是人世不同，已经是万事皆休。刚想要诉说悲苦，没想到泪水已经肆意流出。

听说金华城外的双溪春光明媚，所以也想去那里转一转，但一想到溪上那叶单薄舴艋舟，我就只好放弃了。因为我恐怕它无法承载起我的这些忧愁。

精品赏析

这首词是作者晚年避难金华时所作。当时的词人经历靖康之难，从家乡逃难来到南方，国破家亡，亲爱的丈夫去世，自己也流离异乡，无依无靠，所以整首词词意悲苦难断。

上片极言眼前景色的凄惨和心情之凄楚，下片有意从远处的风景谈起，词人喜爱游山玩水，想借山水风景排遣她内心的痛苦，但是她的痛苦是太大了，哀愁过于沉重，怎么是一叶舴艋舟能载得动的，这个设想新颖真切，将词人的凄惨心境刻画得真实感人。

宋词 风凰台上忆吹箫

香冷金猊①，被翻红浪，起来慵自梳头。任宝奁②尘满，日上帘钩。生怕离怀别苦，多少事、欲说还休。新来瘦，非干病酒，不是悲秋。

休休。这回去也，千万遍《阳关》③，也则难留。念武陵人远④，烟锁秦楼。惟有楼前流水，应念我、终日凝眸。凝眸处，从今又添一段新愁。

〔字词解释〕

①金猊（ní）：狮形铜香炉。②宝奁（lián）：梳妆镜匣。③《阳关》：乐府曲名。是为送别之曲。④武陵人远：用陶渊明《桃花源记》之武陵人入桃花源事，言所思之人已远去。

译文

铜炉里燃尽的熏香已经冷透，红色的锦被还没有叠放整齐，胡乱堆放就像波浪一样。早晨起床后懒洋洋的不想梳洗。任凭华贵的梳妆匣落满灰尘，任凭朝阳的日光照上帘钩。我生怕想起离别的痛苦，有多少话要向他倾诉，可刚要说又不忍开口。新近渐渐消瘦下来，不是因为喝多了酒，也不是因为秋天的影响。

罢了，罢了，这一回他肯定要走，就算为他唱上一万遍《阳关》离别曲，总也难把他挽留。但是想起心上人就要远去，只有我一个人独守空楼了，只有那楼前的流水，应顾念着我，映照着我整天注目凝眸。就在凝眸远眺的时候，从今而后，又平添一段日日盼归的新愁。

精品赏析

调名《凤凰台上忆吹箫》在宋词中并不多见，而这个调名也取材于一个典故。《列仙传》：“萧史者，秦穆公时人也。善吹箫，能致孔雀、白鹤于庭。穆公有女字弄玉，好之，公遂以女妻焉。日教弄玉作凤鸣，居数年，吹似凤声，凤凰来止其屋。公为作凤台，夫妇止其上，不下数年。一旦，皆随凤凰飞去。”《晁氏琴趣外篇》首见此调。又名《忆吹箫》。这首词着重抒发了词人与丈夫分别后的相思之情。上片写词人与丈夫临别时心情失落、怅然若失的心情。紧扣一个“慵”字，一路写来，“慵”态可掬。继而写心念离怀别苦，而神伤形瘦。下片先写丈夫的去而难留，语意婉转而情感动人，将自己别后的情形描绘得绘声绘色。整首词层层渲染离愁别苦，读来感人至深。

万俟咏

万俟咏（籍贯与生卒年均不详），号雅言，自号词隐，四川崇宁人，宋徽宗时曾任大晟府制撰。绍兴五年补下州文学。

宋词 长相思

一声声，一更更①。窗外芭蕉窗里灯，此时无限情。

梦难成，恨难平。不道愁人不喜听，空阶滴到明。

〔字词解释〕

①一更更：一更接一更。更：古代把一夜分为五更。

译文

雨一直下着，听着窗外的雨滴声，直到深更都难以入睡。雨中的芭蕉和屋里的油灯此时似乎也变得多情起来，安慰孤独的我。

好梦难成，此恨难消，窗外的雨可不管忧愁的人喜不喜欢听，仍是不停地下着，雨滴一直滴到天明才停了下来。

精品赏析

这是一首写景遣怀的小词。讲述一个相思之人整夜难眠，在雨夜中听着雨打芭蕉，孤灯照人难入梦。词人心中有无限的情怀，触景生情，表达了客居异乡的羁旅愁思。

岳飞

岳飞（1103年—1141年），字鹏举，相州汤阴（今属河南省）人。南宋抗金名将，受宗泽赏识，历任清远军节度使、开府仪同三司、少保、河南北诸路招讨使，进枢密副使。在与金兵交战时大获全胜，可惜被奸臣秦桧以莫须有罪名杀害。后来得到平反，追谥武穆，封鄂王，改谥忠武。有《岳忠武文集》十卷，存词三首。

满江红

宋词

怒发冲冠，凭阑处、潇潇雨歇。抬望眼、仰天长啸，壮怀激烈。三十功名尘与土，八千里路云和月。莫等闲、白了少年头，空悲切。

靖康耻①，犹未雪。臣子恨，何时灭？驾长车踏破、贺兰山②缺。壮志饥餐胡虏③肉，笑谈渴饮匈奴④血。待从头、收拾旧山河，朝天阙⑤。

〔字词解释〕

①靖康耻：指靖康二年（1127）金兵攻陷汴京，掳徽、钦二帝北去，北宋亡。②贺兰山：在今宁夏境内。当时已被金国占据。③胡虏：对金兵的蔑称。④匈奴：代指北方的金国。⑤朝天阙：朝见皇帝。

译文

江山失陷，我愤怒得头发直竖起来，帽子被顶了起来。凭栏登高远眺，风雨初停。抬头远望，我禁不住仰天狂啸，壮烈的情怀溢满于胸。三十多年来我虽已经有了功名，但是功名与江山失陷相比简直是微不足道。南北转战八千里，这些人生经历才是值得自豪的。好男儿，不要因为其他事情浪费自己的大好光阴，要抓紧时间为国建功立业，不要等年老白头时，空自伤心。

靖康之变的国耻，至今还没有雪洗。作为君王臣子，国耻家恨何时才能泯灭！我一定要驾着战车冲向敌人巢穴，将贺兰山踏为平地。诸位将士满怀壮志豪情，痛击金人、为国雪耻。待我再次收复旧日山河，朝拜皇上！

精品赏析

结合岳飞的抗金史，就可以很容易理解这首词的主旨和内涵。这是一首壮怀激烈、传颂千古的爱国主义名篇。词人满怀壮志豪情，为收复河山而心潮澎湃。上片写词人渴望杀敌报国的情怀。下片写词人期待雪耻复仇、收复河山的豪情壮志。语词悲壮激昂，声势磅礴大气，读来振聋发聩，而那句“莫等闲、白了少年头，空悲切”更是催人奋进。

宋词

小重山

昨夜寒蛩①不住鸣。惊回千里梦，已三更。
起来独自绕阶行。人悄悄，帘外月胧明。
白首为功名。旧山松竹老，阻归程。欲将
心事付瑶琴②。知音少，弦断有谁听？

〔字词解释〕

①寒蛩：秋寒时节的蟋蟀。②瑶琴：古琴。

译文

昨夜蟋蟀不停地鸣唱，忽然惊醒梦中的我。刚才还在梦中率军驰骋千里，现在已经三更了，睡不着只好独自一人绕着台阶散步，寂静无声，帘外面的月光朦胧。

我所有的辛劳还不是为了追求功名、恢复山河，而故土的松竹早已经等得苍老了，可是我回归的日程却仍然无法预知。想要将满腹心事寄托在瑶琴声中，但是知音稀少，即使琴弦弹断了，又会有谁听？

精品赏析

此词上半阕写词人忧深思远，思念千里之外的故土。下半阕则意志消沉，因为词人壮志难酬、有家难回。“欲将心事付瑶琴。知音少，弦断有谁听？”三句，形象地说明了词人因为难遇知音、心中的愁苦无处诉说的苦闷情怀，甚为悲伤忧郁。

韩元吉

韩元吉（1118年—1187年），字无咎，号南涧翁，许昌（今属河南省）人。隆兴年间，官任吏部尚书。淳熙初年，出守婺州、建宁，后晋封颍川郡公。他的词雄浑豪放，为世人称颂。

好事近·汴京赐宴闻教坊①乐有感

凝碧②旧池头，一听管弦凄切。多少梨园③声在，总不堪华发。

杏花无处避春愁，也傍野烟发。惟有御沟④声断，似知人呜咽。

〔字词解释〕

①教坊：掌管女乐的官署，始设置于唐代。②凝碧：指凝碧池，在唐东都洛阳禁苑中。③梨园：唐明皇教授伶人的地方。后来指代戏曲界。④御沟：流进宫中的河道。

译文

汴京沦陷后，故地重游，我去凝碧池边赴宴，但是在那里一听管弦就忧愁难断。多少听过的梨园旧曲仍演奏，我这白发人实在是忧愁难以承受。

杏花开遍，哪里也无法避春愁，甚至躲在荒野里仍害羞。以前那皇宫的御水河沟，断断续续还在流，水流声好像人在呜咽痛哭一样。

精品赏析

这首词大概是在南渡后，韩元吉作为特使出使金国，因此得以重返汴京，看见旧时风景，感触万千，所以写了这首词。词人再看到旧都景物，触景生情，感慨历史变迁，叹息国运。唐圭璋在《唐宋词简释》评析说："起言地，继言人；地是旧地，人是旧人，故一听管弦，即怀想当年，凄动于中。下片，不言人之悲哀，但以杏花生愁，御沟呜咽，反衬人之悲哀。用笔空灵，意则沉痛。"

陆游

陆游（1125 年—1210 年），字务观，自号放翁，越州山阴（今浙江绍兴）人，生于宋徽宗宣和七年(1125 年)。他是南宋著名爱国诗人、中国文学史上的大诗人。诗的成就非凡，词作虽不多，但风格多样，同样很精彩。既有充满爱国激情的豪放之作，也有婉约含蓄、感情深挚的词章。

诉衷情

宋词

当年万里觅封侯①，匹马戍梁州。关河梦断何处，尘暗旧貂裘。

胡未灭，鬓先秋，泪空流。此生谁料，心在天山②，身老沧洲③！

〔字词解释〕

①觅封侯：追求建功立业的机会。②天山：借指战场。③沧洲：指隐居之地。

译文

回忆当年为了建功立业、报效国家，而投身戎旅奔赴边境作战。曾经艰苦的从军生活已成梦中之景，而灰尘已经覆盖了旧时出征时的貂裘。

北方的胡人还未消灭，可是我已经鬓白似秋霜，只有无用的眼泪空自感伤。这一生谁能预料，本想为国抗敌在边关，如今却一事无成在沧洲终老！

精品赏析

作者当时遭投降派打击，政治上不能上达天听，一腔热血换来政敌的冷嘲热讽，只好闲居绍兴镜湖，这首词便作于此时。词人一生忧国忧民，在词中开头就用“当年万里觅封侯，匹马戍梁州”的诗句表明自己的志向，但是事与愿违，“心在天山，身老沧洲”，年老体衰，不能再思报国，表现了作者虽身老却仍心忧国家的爱国情怀。

卜算子

驿外断桥边[1]，寂寞开无主。已是黄昏独自愁，更著风和雨。

无意苦争春，一任群芳妒。零落成泥碾作尘[2]，只有香如故。

〔字词解释〕

①驿：驿站，古代官办的交通站。②碾：压碎。

译文

驿站之外的断桥边，有一丛梅花独自开放，无人欣赏。暮色降临，梅花孤独愁苦，然而又遭到了风雨的折磨。

梅花没有心性在春天与百花争艳斗芳，而面对百花的妒忌也毫不在乎。就算是最后凋零了化为尘土，梅花仍一如既往地散发缕缕清香。

精品赏析

此词借物言志，通过写梅花来显示诗人孤芳自赏、不与人同流合污的高尚品格。上片首二句说梅花的环境：开在驿外野地，无人赏识。又说梅花的遭遇：风雨无情。并对黄昏时候的环境进行渲染来同情梅花的遭遇，这也是作者以梅花自比，讲述了自己政治上得不到施展空间、总是被奸臣排挤的境遇。

下片写梅花的品格：无意争春，就是凋零飘落化成尘，仍旧保持着原来的清香。这是词人在借梅花表明自己的决心。不会同流合污，要保持自己的节操。

范成大

范成大（1126年—1193年），字致能，号石湖居士。平江吴郡（郡治在今江苏吴县）人。南宋诗人。

霜天晓角

宋词

晚晴风歇，一夜春威折①。脉脉花疏天淡②，
云来去，数枝雪③。

胜绝，愁亦绝，此情谁共说？惟有两行低雁，
知人倚，画楼月。

〔字词解释〕

①春威：春寒的威力。②脉脉：恬静的样子。③雪：比喻梅花。

译文

傍晚时分，天晴雨住。此夜之后春寒不再来。寒梅争芳，几朵梅花映衬着浮云，洁白如雪。

这景致真是美到极端，可是愁情也是如此。美景愁情，我可以向谁倾诉呢？只有那两行低飞的鸿雁好心，知道我依靠栏杆坐在高楼上，望月思人。

精品赏析

这首词寄情于景，描绘了早春的白梅，在写梅之美的同时也寄托了词人的愁思。词人将愁情和美景相互联系。最终情与景化而为一。

张孝祥

张孝祥(1132年—1169年)，字安国，号于湖居士，历阳乌江(今安徽省和县)人。绍兴二十四年(1154年)中进士，历任中书舍人、领建康留守，徙荆南湖北路安抚使等。

其词反映社会现实，表现爱国思想，是豪放词代表词人。词作气势雄健，俊峭豪迈。有《于湖居士长短句》五卷。

宋词

六州歌头

长淮①望断，关塞莽然平。征尘暗，霜风劲，悄边声。黯消凝。追想当年事②，殆天数，非人力，洙泗上③，弦歌地，亦膻腥。隔水毡乡④，落日牛羊下，区脱纵横⑤。看名王宵猎⑥，骑火一川明。笳鼓悲鸣。遣人惊。

念腰间箭，匣中剑，空埃蠹，竟何成。时易失，心徒壮，岁将零。渺神京。干羽方怀远，静烽燧，且休兵。冠盖使⑦，纷驰骛⑧，若为情。闻道中原遗老，常南望、翠葆霓旌⑨。使行人到此，忠愤气填膺。有泪如倾。

〔字词解释〕

①长淮：即淮河。②当年事：指1127年的靖康之变，金兵南侵，徽、钦二帝被掳北去之事。③洙泗：江河名，流经孔子故乡曲阜。④隔水毡乡：指淮河以北金人所占领的中原地区。⑤区脱：金兵的哨所。⑥名王：指金兵将帅。⑦冠盖使：指求和的使臣。⑧驰骛(wù)：奔走。⑨翠葆霓旌：指皇帝的车驾。

译文

站在淮河岸边极目望远，关塞上的荒原一马平川。北伐的事情已经过去很长时间，秋风劲吹将边塞变得更加静寂。我神情黯淡，凝神远望。追想当年的国土沦丧，也许是天意运数，不是人力轻易可以扭转；但是昔日文明之地，现在也已被糟蹋得面目全非。隔河相望就是敌军的毡帐，落日黄昏，牛羊进圈，而且敌军的前哨据点遍地布满。看到金兵将领夜间出猎，火把照亮平川如同白日，胡笳鼓角悲壮，令人闻之胆寒。

我的弓箭和宝剑都好久没用，早就虫咬锈蚀，拿来了也没有什么用，不能上阵杀敌。敌人已经在北方站稳脚跟，空有壮志豪情，也只能看到日暮志残。光复汴京的希望已经不可能了，朝廷无意兴兵，边境安宁，议和的来往使者，奔驰匆匆来去，真是让人羞愧汗颜。我听说留在中原的父老乡亲们，日日夜夜盼望朝廷收复失地，盼望皇帝北返。往往行人来到此地，一腔忠愤，怒气塞胸，热泪纵横。

精品赏析

这首词是词人在建康留守张浚宴客席上所赋，表达了词人强烈的爱国主义情怀。上片用寥寥数语描写了江淮区域宋金对峙的局面。下片讽刺南宋朝廷苟安现状、不思进取的行为，而同情中原百姓盼望王师北定中原的意愿。抒发了自己报国无门、壮志难酬的悲愤。

辛弃疾

辛弃疾（1140年—1207年），字幼安，号稼轩，山东济南人。辛弃疾早年参加耿京率领的农民起义军，坚持抗金斗争。后来率部南归。当时南宋朝廷对北伐恢复中原没有热情，辛弃疾的抗金报国的理想始终无法实现，而满腔爱国热情和壮志难酬的悲愤，在他的词中强烈地表现出来，成为南宋杰出的爱国词人。

宋词　西江月·夜行黄沙道中

明月别枝惊鹊，清风半夜鸣蝉。稻花香里说丰年，听取蛙声一片。

七八个星天外，两三点雨山前。旧时茅店社林边①，路转溪桥忽见。

〔字词解释〕

①社林：土地庙边的树林。

译文

明月东升惊醒了枝杈上的鹊儿，夜风轻拂，送来断断续续的蝉鸣。稻花飘香预示今年收成大好，远处就能听到一片蛙声。

天外有七八个星，山前下起两三点雨，有可能大雨来临。以前的土地庙旁树林里的小屋怎么看不见了？转出小桥，在转弯处，突然就看见了。

精品赏析

这首词描写作者夜行黄沙道中的见闻。明月当空，鸟鹊受惊，清风惹来阵阵蝉鸣。这时稻花飘香，预报丰收。蛙声助兴，词人的心境大好。其后的情节

更是峰回路转，词人眼见大雨将至，急忙
那个茅屋怎么看不见了，诗人“路转溪桥忽见”。这首词情趣极佳，富有生活气息。

南乡子·登京口北固亭有怀

宋词

何处望神州？满眼风光北固楼。千古兴亡多少事？悠悠。不尽长江滚滚流。

年少万兜鍪①，坐断东南战未休。天下英雄谁敌手？曹刘②。生子当如孙仲谋③。

〔字词解释〕

①万兜鍪：指率领很多的军队。兜鍪：头盔。②曹刘：曹操和刘备。③生子当如孙仲谋：这是曹操对孙权的赞语。语出《三国志》。

译文

在哪里可以看见中原呢？登上北固楼，满眼风光甚是美好。千古以来多少国家兴亡大事，历史悠悠，就像这流不尽的长江水一样滚滚东流向前。

想着当年东吴君主孙权年轻有为，带领了千军万马，占据东南与敌人交战不休。天下英雄谁配得上是孙权的敌手呢？只有曹操和刘备两个人。这样也就难怪曹操会说：“生子当如孙仲谋。”

精品赏析

这首词写作者登临北固亭，抚今追昔，感慨中原失陷，希望出现如孙权那样的英雄人物能带领千军一统中原，收复河山。登上北固亭远望，眼中只见无限风光，但词人眼中无法逃避北方的大好河山。接着词人着重介绍孙权，将孙权的光辉形象与当今的统治者相比较，孙权统率千军万马，占据东南，与敌奋战不已。天下英雄中，只有曹操和刘备能称得上是其敌手。词人希望南宋王朝能有这样的人出现，恢复北方。

贺新郎·赋琵琶

凤尾龙香拨。自开元、《霓裳曲》罢[1]，几番风月。最苦浔阳江头客[2]，画舸亭亭[3]待发。记出塞、黄云堆雪。马上离愁三万里，望昭阳[4]、宫殿孤鸿没。弦解语，恨难说[5]。

辽阳[6]驿使音尘绝。琐窗寒、轻拢慢捻[7]，泪珠盈睫。推手含情还却手，一抹《梁州》哀彻。千古事、云飞烟灭。贺老[8]定场无消息，想沉香亭[9]北繁华歇。弹到此，为呜咽。

〔字词解释〕

①自开元、《霓裳曲》罢：据白居易《新乐府》自注："《霓裳羽衣曲》，起于开元，盛于天宝。" ②最苦浔阳江头客：白居易贬官江州，秋夜送客而闻江上女子弹琵琶，遂作《琵琶行》，内有"浔阳江头夜送客"句。③画舸亭亭：郑文宝《柳枝词》："亭亭画舸系寒潭。" ④昭阳：汉未央宫里殿名。⑤弦解语，恨难说：陆游《鹧鸪天》："情知言语难传恨，不似琵琶道得真。" ⑥辽阳：在今东北境内。为边塞之代称。⑦轻拢慢捻（niǎn）：出自白居易《琵琶行》"轻拢慢捻抹复挑"句。拢、捻与下文的推手、却手、抹都是琵琶指法。⑧贺老：指贺怀智。唐玄宗时期的琵琶高手。⑨沉香亭：唐都长安宫中殿名。为唐玄宗和杨贵妃游玩取乐之所。

译文

凤尾琴板刻着凤尾，龙香柏木制成弹拨。开元盛世时，霓裳羽衣的乐曲也是风靡一时，时过境迁，曾经一切美好都成过眼云烟。最不幸的是浔阳江头的诗客，亭亭画船等待着出发，忽听音乐声悲悲切切。记得王昭君出塞之时，当时黄云弥漫看去像茫茫白雪。当我离开故乡三千余里时，乐曲声声述说着无限的哀怨。回望昭阳的宫殿，孤雁飘飞时隐时现。只有琴弦会懂得我的情意，中间多少幽恨无法向人述说。

丈夫赶赴边境作战已经多年，现在什么音信都没有。佳人正在慢拨慢弹着琴，表达着心中的郁结，她的伤心泪沾湿了那美丽的长睫，她技艺超群，将《梁州》曲演奏得哀彻云霄。千古事，如一场梦云飞烟灭。当年的乐师再也没有消息，沉香亭北的繁荣也从此风光不再。每次当乐声弹到这里，定会伤心呜咽不已。

精品赏析

这首词借琵琶以写怨思。上片用三具典故，抒发了盛唐以来世道渐衰、中原王朝实力衰落的感慨，下片表达征妇怨，以思妇弹奏琵琶这一意象表达思妇思念辽阳征人的形象，抒发对中原故国的思念之情。俞陛云《唐五代两宋词选释》：“此调借琵琶以写怀。起句‘开元’句即追想汴京之盛。以下用商妇、明妃琵琶故事，藉以写怨。转头处承上阕‘万里离愁’句，接以辽阳望远。慨宫车之沙漠沉沦。‘琐窗’‘推手’四句咏琵琶正面，中含一片哀情。转笔‘云飞烟灭’句，笔势动宕。结句沉香亭废，贺老飘零，自顾亦沦落江东，如龟年之琵琶仅在，宜其罢弹呜咽，不复成声矣。”

水龙吟·登建康[1]赏心亭

宋词

楚天千里清秋，水随天去秋无际。遥岑远目，献愁供恨，玉簪螺髻[2]。落日楼头，断鸿声里，江南游子。把吴钩[3]看了，阑干拍遍[4]，无人会、登临意。

休说鲈鱼堪脍。尽西风、季鹰归未[5]？求田问舍，怕应羞见，刘郎才气。可惜流年，忧愁风雨，树犹如此[6]。倩何人，唤取红巾翠袖，揾[7]英雄泪？

〔字词解释〕

①建康：今南京。②玉簪螺髻：喻山。皮日休《缥缈峰》诗：“似将青螺髻，撒在明月中。”③吴钩：刀名。杜甫《后出塞》：“少年别有赠，含笑看吴钩。”④阑干拍遍：宋王辟之《渑水燕谈录》记载，刘孟节“与世相龃龉”，常常凭栏静立，怀想世事，吁唏独语，或

以手拍栏干。曾经作诗说："读书误我四十年，几回醉把栏干拍。"⑤"休说"二句：据《世说新语·识鉴》载，张季鹰在洛阳为官，忽见秋风起，便想起家中的莼羹和鲈鱼，于是辞官归里。⑥树犹如此：据《世说新语·言语》，桓温北征，经过金城，见自己过去种的柳树已长到几围粗，便感叹地说："木犹如此，人何以堪？"⑦揾（wèn）：擦拭。

译文

荆楚天地充塞着一片清秋之气，水光随着天边秋色无边无际。我向远山望去，山都皱着眉，仿佛在向我倾述着无限怨恨。面对着落日，我一个人独立楼头，听着南飞鸿雁来来往往的声音。我这位江南的游子啊，将吴钩把玩看了很多遍，也把楼上的栏杆拍了又拍，可依然没有人能理解我登临此地的胸中心怀。

不要夸耀什么鲈鱼鲜美，西风马上就要过去，我可不能像张季鹰那样归去。我更不愿像许汜那样置地买房，我羞于见人，怕被刘备那样的英雄人物小看。可惜时光流年，大好年华在风雨中白白过去，就连树木也是如此老去。想到这里，我不禁伤感不已，落下眼泪。请谁来唤得那宴席的歌女，为我擦掉无尽英雄泪。

精品赏析

该词作于乾道四至六年（1168 年—1170 年）建康通判任上。这时作者南归已八九年了，但是统治者并不理会他的抗金主张，却被投闲置散，被简发外放，报国之愿渐成泡影。词人登临周览，借此抒郁结心头的悲愤之情。建康（今江苏南京）是东吴、东晋、宋、齐、梁、陈六个朝代的都城。赏心亭是南宋建康城上的一座亭子。据《景定建康志》记载："赏心亭在（城西）下水门城上，下临秦淮，尽观赏之胜。"这首词在艺术上也富有特色，渐趋成熟境界，豪而不放，壮中见悲，沉郁顿挫，极富感染力。下片抒怀，抒发作者壮志难酬的悲痛。俞陛云《唐五代两宋词选释》："前四句写登临所见，起笔便有浩荡之气。'落日'句以下，由登楼说到旅怀，而仍说不尽，仅以吴钩独看，略露其不平之气。下阕写旅怀，即使归去奇狮卜筑，而生平未成一事，亦羞见刘郎。'流年'二句，以单句旋析，弥见激昂。结句言英雄之泪，未要人怜，倘揾以红巾，或可破颜一笑，极言其潦倒，仍不减其壮怀也。"

摸鱼儿

更能消、几番风雨。匆匆春又归去。惜春长怕花开早，何况落红无数！春且住。见说道、天涯芳草迷归路。怨春不语。算只有殷勤，画檐蛛网，尽日惹飞絮。

长门事①，准拟佳期又误。蛾眉曾有人妒。千金纵买相如赋。脉脉此情谁诉？君莫舞。君不见、玉环飞燕②皆尘土。闲愁最苦。休去倚危阑，斜阳正在，烟柳断肠处。

〔字词解释〕

①长门事：据汉司马相如《长门赋序》："孝武皇帝陈皇后，时得幸，颇妒，别在长门宫，愁闷悲思，闻蜀郡成都司马相如，天下工为文，奉黄金百斤，为相如、文君取酒，因于解悲愁之辞，而相如为文以悟主上。陈皇后复得亲幸。"②玉环：指唐玄宗宠幸的杨贵妃。飞燕：指汉成帝宠爱的皇后赵飞燕。

译文

恐怕再也经受不起风雨折腾了，美好的春季总是匆匆来又去。爱惜春天，尚且还经常担忧花儿会开得太早而凋谢太快，那么，何况如今面对这无数红花落地的残春败落景象。美好的春光啊，你暂且停下一会儿吧，因为听闻芳草已遍生天涯，让你分辨不清你的归路，你还能到哪里去呢？怨恨春不回答，竟自默默地归去了。只有屋檐下的蜘蛛仍在整天殷勤地吐丝结网，网住漫天飞舞的柳絮，想保留一点春的痕迹。

汉武帝陈皇后失宠，别居长门宫，原定的重逢佳期又被推迟延误了。也许这是因为陈皇后的美貌有人嫉妒，就算花费千金重价买下司马相如的《长门赋》，满腹情意应该向谁倾诉？你们不要高兴得手舞足蹈，你们没有看见杨玉环、赵飞燕早都变成尘土了吗？忧国而不能参政，只能做个闲官的心情愁苦极了！别去高楼上凭栏远眺了，你何尝会知道夕阳正落在苍茫暮霭中的柳树梢上，无限风景，杨柳成烟，却是最易使人断肠。

精品赏析

摸鱼儿，唐教坊曲名。一名《摸鱼子》。晁补之词有"买陂塘、旋栽杨柳"句，更名《买陂塘》，又名《陂塘柳》。辛弃疾《赋怪石》词名《山鬼谣》。李冶《赋并蒂荷》词有"请君试听双蕖怨"句，名《双蕖怨》。这是一首惜春词，实际上，词人利用惜春这一词体的经典形式，来表达对国事日非、壮志难酬的愤激与忧虑。

宋词 丑奴儿·书博山道中壁[1]

少年不识愁滋味，爱上层楼。爱上层楼，为赋新词强说愁[2]。

而今识尽愁滋味，欲说还休[3]。欲说还休，却道天凉好个秋。

〔字词解释〕

①书博山道中壁：写在去博山路的一座驿站的墙上。②强说愁：硬要谈愁。③欲说还休：形容不知从何说起、难以言传的意思。

译文

人在年少轻狂的时候不知道愁苦的滋味，喜欢登上高楼抒发情怀。为写一首新词，即使没有愁苦也要无病呻吟。

现在把忧愁的滋味尝了一个遍，想说却始终没法说清，总感觉千头万绪难以理清。却只是说了一句好一个凉爽的秋天啊！

精品赏析

词人根据自己大半生的经历及感受，讲述了自己从少年不识愁滋味的单纯，到晚年历经曲折坎坷后的悲苦变化。全篇论愁，其实词人的愁就是忧国忧民、投报无门的怨愤。满腔爱国情思，无法在疆场施展，词人内心的愤恨曲折复杂，蕴含深沉。

青玉案·元夕[1]

宋词

东风夜放花千树[2]，更吹落，星如雨[3]。宝马雕车香满路。凤箫[4]声动，玉壶[5]光转，一夜鱼龙舞。

蛾儿雪柳黄金缕[6]，笑语盈盈暗香去。众里寻他[7]千百度，蓦然[8]回首，那人却在，灯火阑珊[9]处。

〔**字词解释**〕

①元夕：农历正月十五日为上元节，元宵节，也叫元夕或元夜。②花千树：花灯之多如千树开花。③星如雨：指焰火纷纷，就像下雨一样。④凤箫：箫的名称。⑤玉壶：比喻明月。⑥蛾儿雪柳黄金缕：都是古代妇女的装饰品。这里喻指盛装的妇女。⑦他：泛指，当时没有“她”这个字。⑧蓦然：突然，猛然。⑨阑珊：零落稀疏的样子。

译文

东风吹来，元宵的花灯就像千树花开一样，烟火好似被吹落的万点流星。华丽的马车驶过，香气四溢在行驶的路上。凤箫奏曲，月光流转，人群之中色彩绚丽交错。而这个夜晚最漂亮的鱼龙花灯不住地飞舞着。

有一位美人的头上戴的饰物亮丽，衣裳光鲜亮丽，她笑起来很好听，在人群中一会儿看不见了。我千百次寻找她，但是没找到她，猛然间一回头，却看见她就在灯火零落萧疏的地方。

精品赏析

词的开头用“东风夜放花千树”，极力渲染这个夜晚的热闹景象，但是在下片作者的意图暴露出来了，原来是为了反衬“灯火阑珊处”的美人的美丽而造景。下片词人塑造了一个不慕荣华和热闹，甘守寂寞的美人形象。正是寄托着作者理想的一种方法，表达出作者不与世俗同流合污、追求自己的理想和抱负的执著信念。而“众里寻他千百度，蓦然回首，那人却在，灯火阑珊处。”也成为千古名句。

宋词

破阵子·为陈同甫赋壮词以寄之

醉里①挑灯看剑，梦回②吹角连营。八百里分麾下炙③，五十弦翻④塞外声。沙场秋点兵。

马作的卢⑤飞快，弓如⑥霹雳弦惊。了却君王天下事，赢得生前身后名。可怜白发生！

〔**字词解释**〕

①醉里：喝醉酒的时候。挑灯：拨动灯火，点灯。②梦回：梦醒。③分：分发。麾下：指部下。八百里：一种牛名。后将八百里指代牛。④翻：演奏。⑤的卢：马名。相传刘备曾乘的卢马从襄阳城西的檀溪水中一跃三丈，因此而脱离险境。⑥了却：完结，完成。

译文

醉梦里挑亮油灯把玩宝剑，然后军营中接连响起号角声。我把烤牛肉分给部下，命令乐队演奏塞外歌曲。秋天在战场上阅兵壮威。

战马像的卢一样跑得飞快，射箭之声如霹雳惊雷一样震耳欲聋。一心想帮助君王完成一统江山的大业，并且博得青史留名。只可惜（现在）已白发丛生！

精品赏析

这首词在结构布局方面有自己的独到之处。词人用“醉里挑灯看剑”一句，引领全篇，然后就是吹角连营、分炙点兵、克敌制胜，气势凌空直上让人豪气胆边生，但是在最后一句气势陡然下跌，词人一句“可怜白发生”的感叹，让万千读者为之扼腕叹息，为作者的壮志难酬而难过。

木兰花慢·滁州①送范倅

宋词

老来情味减，对别酒、怯流年②。况屈指中秋，十分好月，不照人圆。无情水、都不管，共西风、只管送归船。秋晚莼鲈③江上，夜深儿女灯前。

征衫。便好去朝天④。玉殿正思贤。想夜半承明⑤，留教视草⑥，却遣筹边。长安故人问我，道愁肠、泥酒⑦只依然。目断秋霄落雁，醉来时响空弦。

〔字词解释〕

①滁（chú）州：在今安徽省滁县。倅（cuì）：地方佐贰副官。②对别酒、怯流年：苏轼《江神子·冬景》有“对尊前，惜流年”的句子，辛词从此化出。③莼（chún）鲈：莼菜和鲈鱼。代指思乡。④朝天：朝见皇帝。⑤承明：即承明庐，侍臣所住。⑥视草：为皇帝草拟制诏之稿。⑦泥酒：沉湎于酒中。

译文

人生衰老之后，先前的壮志情怀、趣味全减，面对着送别酒，害怕着年华流变。何况屈指计算中秋佳节将至，那一轮美好的圆月，偏不照人的团圆。无情的流水全不管离人的眷恋，与西风推波助澜，只管将归舟送归。希望你一路顺风，独享晚秋的江面，品尝莼菜羹、鲈鱼脍的佳宴，回家了和儿女团聚在夜深的灯前。

征衫不用再换，正好穿着它去朝见天子，刚好朝廷正思贤访贤。料想在深夜的承明庐，正留下来教你检视翰林院草拟的文件，并派遣筹划边防军备。京都故友倘若问到我，只说我依然是愁肠满腹借酒浇愁愁难遣。看着秋天的长空中里一只落雁消逝不见，我沉醉中听到有谁奏响了空弦！

精品赏析

这是一首别情词。上片一个“怯”字，包含了对青春年华逝去的苦闷以及壮志未酬的感慨。月近中秋，人人都在思团圆，而今却目送朋友远去，怨秋水西风无情，使自己独对圆月；羡友人此番离去，得与家人团聚；慨叹自己江南飘零，无家可归。下片又写对朋友的未来的期望，抒发自己报国未酬的痛苦之情。整首词曲情含苞，而又不失豪迈气势。

宋词

祝英台近

宝钗分[①]，桃叶渡[②]。烟柳暗南浦。怕上层楼，十日九风雨。断肠片片飞红，都无人管，倩谁唤、流莺声住。

鬓边觑。试把花卜归期，才簪又重数。罗帐灯昏，呜咽梦中语。是他春带愁来，春归何处？却不解、带将愁去[③]。

〔**字词解释**〕

①宝钗分：古时情人分别之际，用女方头上金钗擘为两股以赠别。②桃叶渡：今南京秦淮河与青溪合流处。传说东晋王献之有妾名桃叶，曾在此渡水。③“是他春带愁来”以下数句：化自赵彦端《鹊桥仙》：“春愁原自逐春来，却不肯、随春归去。”

译文

我们在桃叶渡口分别，就像一只宝钗被迫分成两股。河岸边烟柳一片，水面上茫茫烟雾。我真不敢上高楼向远望去，日日都是凄风苦雨。落花一片片，飞在空中令我悲伤，却全然无人怜惜。为什么没有人去劝一劝黄莺，让它莫再歌唱，别让这一声声鸟鸣驱赶春天归去。

我仔细观看鬓边的花朵，似乎这一片一片花瓣可以占卜他的归期。刚刚插回，又摘下来重新再数，思他心切。绫罗帷帐中灯光昏暗沉沉，我在梦中自语：是春天把愁带来，可是春天却又归向哪里？

精品赏析

这首词调名取材于梁山伯与祝英台故事。宋罗浚《宝庆四明志》卷十三："梁山伯、祝英台墓，县西十里，接待院之后，有庙存焉。二人少尝同学，比及三年，而山伯初不知英台之为女也，以同学而同葬。"《祝英台近》即以这一传说为调名。又名《月底修箫谱》《宝钗分》《燕莺语》《寒食词》等。这是一首描写女子思念情人，伤春怀人的词。从上片南浦赠别，怕上层楼，到下片"花卜归期""哽咽梦中语"。词意委婉，新意迭出。上片"断肠"三句，情感丰富而表述曲折。从"飞红"到"啼莺"，从惜春到怀人，层层推进。下片由"占卜"到"梦语"，动作跳跃，由实转虚，表现出痴情人为春愁所苦、无可奈何的心态。

张抡

张抡（生卒年不详），字才甫，自号莲社居士，开封（今属河南省）人。淳熙五年（1178年）为宁武军节度使，历知门事，兼客省四方馆事。多写应制词，作品多华艳不实，亦有清秀之作。有《莲社词》，收入《彊村丛书》。

宋词

烛影摇红·上元有怀

双阙①中天，凤楼②十二春寒浅。去年元夜奉宸游，曾侍瑶池宴。玉殿珠帘尽卷。拥群仙、蓬壶阆苑③。五云④深处，万烛光中，揭天丝管。

驰隙流年，恍如一瞬星霜换。今宵谁念泣孤臣，回首长安远。可是尘缘未断。谩惆怅、华胥⑤梦短。满怀幽恨，数点寒灯，几声归雁。

〔字词解释〕

①双阙：皇宫前面两边高大的楼台。②凤楼：指宫内楼阁。鲍照《代陈思王京洛篇》：“凤楼十二重，四户八绮窗。”③蓬壶：海上仙山名。阆（làng）苑：传说中神仙居住地。④五云：青白赤黑黄五种云色。指代皇帝所在地。⑤华胥：传说中的古国名。代指梦境。

译文

宫门外两座楼台耸入云天，走进皇宫里面凤楼阁重重林立，记得去年元宵夜，我曾经侍奉皇帝游玩，当时在宫殿里侍宴。所有的珠帘全部高高卷起来，珠光宝气的情景，让人恍惚觉得就是在群仙的簇拥下，陪侍皇帝奔赴仙岛游玩。皇宫中烛光万盏齐亮，丝竹管弦之声响彻云天。

时间过得飞快，还想流年似水，转瞬之间星河变换。现在又是元宵之夜，可是都城汴京沦陷，回归之期遥遥不知是哪一年。可是眷恋京都的繁华，这种心思却一直未曾消减。自己惆怅不休，美梦太短。我满腔的怨恨无处释放，这时只看见寒风中有几盏灯忽明忽暗，还有刚刚归来的大雁的凄鸣声。

精品赏析

这是一首在元宵节感怀的词。上片写了去年汴京城皇宫里陪伴皇帝过上元节的盛况。

下片写靖康之难后，他南渡临安的第一个上元节时冷落的情景。一荣一枯，使人读之伤感不已。表现了词人深沉的思乡之情和亡国哀思。上阕叙去年上元夜的盛况，讲述了汴京城的豪华与富贵。但是下片却讲明，这一切都已不复存在。流光飞逝，有家难回。作者怀念故国的哀思，寄托在眼前的凄清景物中。而大雁北回则是词人一个美好的梦想，给自己留下了一个希望。

程垓

程垓（生卒年不详），字正伯，眉山（今属四川省）人。以诗词名乡里。

宋词　水龙吟

夜来风雨匆匆，故园定是花无几。愁多怨极，等闲[1]孤负，一年芳意。柳困桃慵[2]，杏青梅小，对人容易。算好春长在，好花长见，原只是、人憔悴。

回首池南旧事。恨星星、不堪重记。如今但有，看花老眼，伤时清泪。不怕逢花瘦，只愁怕、老来风味[3]。待繁红乱处，留云借月[4]，也须拼醉。

〔字词解释〕

①等闲：轻易地。②慵：懒。③风味：生活。④留云借月：比喻努力珍惜时光。

译文

昨夜风雨来势汹汹，故园里的鲜花一定难以保全。我非常愁苦烦恼，因为就这样把大好的春日给浪费了。桃花困倦柳絮懒惰，杏子青、梅子小，这些美好春光就这样轻易飞逝。可惜就算美好的春天年年重来，鲜花年年盛开，但看花的心情已经枯萎了。

因为我的两鬓已经斑白，以前池南欢乐游玩的旧事，竟变成了不堪回首回忆。曾经观花的双眼浊泪纵横，因为感伤而常常落泪。我现在管不了花儿瘦损，只是发愁自己的身心渐渐衰老、力不从心。所以趁着花开似锦的时候，和彩云、月光相伴，尽情地喝酒吧。

精品赏析

这首词是词人感伤自己衰老、惜春叹老的词作。词人语调委婉哀怨，曲折悲鸣、读来凄婉绵丽，共同嗟叹。

姜夔

姜夔（1155 年—1221 年），南宋词人。字尧章，号白石道人，饶州鄱阳（今江西省鄱阳）人。他一生未入仕途。主要作品有：《扬州慢》《暗香》《疏影》等。

点绛唇·丁未冬过吴松作

宋词

燕雁[①]无心，太湖西畔随云去。数峰清苦。商略[②]黄昏雨。

第四桥[③]边，拟共天随[④]住。今何许。凭阑怀古。残柳参差舞。

〔字词解释〕

①燕 (yān) 雁：指北方的雁。②商略：商量。③第四桥：即甘泉桥。④天随：即唐陆龟蒙，号天随子。

译文

春燕与鸿雁似乎天生无心无忧愁，从太湖的西畔展翅而去追逐天边的云朵。湖边的一座座山峰显得那么冷清孤独，云重雾绕，仿佛在议论，黄昏时能不能下雨。

我非常渴望在甘泉桥边找个去处，与那位潇洒的天随子比邻而居。问今昔是何年？我再次向远望去，想起人间百年往事，心中起伏，只见残柳，飘拂在西风中，成为永恒的风景。

精品赏析

这是一首吊古怀人之作。上片介绍了燕雁无心追云来去的情景，风景清冷而迷人；数峰有情，向黄昏而落雨。上片写景，而情景两融，不分彼此。下片吊古伤情，“凭阑怀古”点出题旨，然后“残柳参差舞”收尾，将无限伤情藏于其内，任人嗟叹。“无穷哀感，都在虚处；令读者吊古伤今，不能自止”（陈廷焯《白雨斋词话》）。

鹧鸪天·元夕有所梦

肥水东流无尽期。当初不合种相思。梦中未比丹青见，暗里忽惊山鸟啼。

春未绿，鬓先丝①。人间别久不成悲。谁教岁岁红莲②夜，两处沉吟各自知。

〔字词解释〕

①先丝：先白。②红莲：灯名。

译文

肥水恣肆东去，好像从来没有止息脚步的意思。没有想到会是今日这般凄凉，当初真不该因此而苦苦相思。梦里的相见总是看不清楚，赶不上看清画像，而这种春梦也常常无奈会被山鸟的叫声惊起。

春草还没有长绿，双鬓竟然长满了银丝。我们离别得太久，慢慢一切伤痛都会渐渐被时光忘去。可不知是谁，让我朝思暮想，年年岁岁的团圆夜，这种感受，只有你和我心中明白。

精品赏析

这是一首感怀词，作者曾几度客游合肥，与当地一歌妓相爱。当时的欢聚，最终成为他一生颇堪回忆的往事。而后相聚成梦，令人怅惘相思。唐圭璋《唐宋词简释》：“此首元夕感梦之作。起句沉痛，谓水无尽期，犹恨无尽期。‘当初’一句，因恨而悔，悔当初错种相思，致今日有此恨也。‘梦中’二句，写缠绵颠倒之情，既经相思遂能不忘，以致入梦，而梦中隐约模糊，又不如丹青所见之真。‘暗里’一句，谓即此隐约模糊之梦，亦不能久做，偏被山鸟惊醒。换头，伤羁旅之久。‘别久不成悲’一语，尤道出人在天涯况味。”

踏莎行

自沔①东来。丁未元日，至金陵江上，感梦而作。

燕燕轻盈，莺莺娇软。分明又向华胥②见。夜长争得薄情知，春初早被相思染。

别后书辞，别时针线。离魂暗逐郎行③远。淮南④皓月冷千山，冥冥归去无人管。

〔字词解释〕

①沔（miǎn）：汉阳。②华胥：指梦中。③郎行（háng）：情郎那边。行，宋时口语，犹言“这边”“那边”。④淮南：指安徽省合肥市。

译文

我从汉阳东来，当时是丁未年元日，在金陵江面上做了一个梦，心有所感，作了这首词。

可爱的燕子轻盈，娇小的黄莺娇软。想要把你的容貌看得明明白白清清楚楚，这样在梦中就可以又一次与你真实地相见。你埋怨我太无情，不理解你在长久以来的相思情意。也不体会你在好春时节独守空房，被相思所缠的悲伤。

分离后你给我的情书我依然留着，而且我还穿着在分别时亲手缝制的衣衫。你的身影似乎暗暗随着我，来到了四处。淮南的寒月，万水千山一片寂静，可你只身一人在远方孤苦伶仃的，无人陪伴。

精品赏析

这是一首恋情词，这首词描写的是词人曾经的一段恋情。上片写梦境，“轻盈”“娇软”其实是暗喻，将燕燕莺莺比喻成自己的恋人，写梦中所见恋人的举止与体态。“夜长”二句，写梦中恋人的嗔语：你（薄情郎）哪里能知漫漫长夜，相思情苦；每当冬去春来，总是春意未来而相思先至。下片写梦醒之后，睹物思人。词人睡梦初醒，看到恋人前几天寄来的书信，还有临别时她亲手为自己缝补的衣服，回味梦中相会的情意，不禁悬想，是恋人离魂，不远千里来与自己相会吧，而离魂归去，却只有冷月相伴，是何等的伶仃无依，孤苦凄清。读之，不禁使人心生一种怜惜之情。

庆宫春

绍熙辛亥除夕，予别石湖归吴兴，雪后夜过垂虹[1]，尝赋诗云："笠泽茫茫雁影微，玉峰重叠护云衣。长桥寂寞春寒夜，只有诗人一舸归。"后五年冬，复与俞商卿、张平甫、铦朴翁自封禺同载，诣梁溪。道经吴松，山寒天迥，云浪四合，中夕相呼步垂虹，星斗下垂，错杂渔火，朔吹凛凛，卮酒不能支。朴翁以衾自缠，犹相与行吟，因赋此阕，盖过旬，涂稿乃定。朴翁咎余无益，然意所耽，不能自已也。平甫、商卿、朴翁皆工于诗，所出奇诡。予亦强追逐之，此行既归，各得五十余解。

双桨莼波，一蓑松雨，暮愁渐满空阔。呼我盟鸥[2]，翩翩欲下，背人还过木末[3]。那回归去，荡云雪、孤舟夜发。伤心重见，依约眉山，黛痕低压。

采香径里春寒，老子[4]婆娑，自歌谁答。垂虹西望，飘然引去，此兴平生难遏。酒醒波远，正凝想、明珰[5]素袜。如今安在，惟有阑干，伴人一霎。

〔字词解释〕

①垂虹：桥名。②盟鸥：谓隐士与鸥鸟为伴侣。③木末：树梢。④老子：作者自称。⑤珰(dāng)：妇女戴在耳垂上的一种装饰品。

译文

绍熙辛亥年除夕，我辞别了在苏州石湖隐居的范成大返回吴兴。在下雪后的夜晚，经过垂虹桥，我诗兴大发作诗一首："笠泽茫茫雁影微，玉峰重叠护云衣。长桥寂寞春寒夜，只有诗人一舸归。"五年后的冬天，我又和俞商卿、张平甫、朴翁从封山、禺山一道乘船去梁溪。途中经过吴松，正天寒地冻的时候，四野空旷，云层垂如天幕。子夜时分，我们结伴走过垂虹桥。点点下垂的星光，映照着湖上渔火，北风劲吹，寒意阵阵，喝几杯酒也无法抵挡寒冷。朴翁把被子裹在身上，还一边走一边吟诗。我于是趁着游兴写下这首词。朴翁怪我费尽心血没什么好处，可是我的词兴难以控制。平甫、商卿、朴翁都擅长作诗，所创作的诗篇都奇丽诡异，我也勉强模仿他们。这次旅行回去，每人各创作五十多首作品。

我们坐船而行，荡着双桨在莼菜飘香的湖面游玩。稀稀落落的雨点，落在岸边的松树上。暮霭渐渐笼罩，天高水阔令人惆怅。我呼唤着旧友沙鸥，它们好像就要飞近我的身旁。忽然又背我飞去，掠过岸边的垂杨。记得那年归去，荡着云层般的雪浪，我们共同乘坐一只小船独自启航。我仿佛又看到了当年的景色，青黛色的远山依稀隐约，宛如秀眉低垂而含有泪痕的模样。

采香径里寒意沁骨，我仍然流连彷徨不肯离去。也不管是否有人应和，竟独自放声吟唱。西望正是垂虹桥，我们的轻舟飘飘然向远处漂荡。这时的兴致平生再也难以遇上。等我从酒醉中醒来，那艘船已驶出很远，烟波茫茫。我依然怀念佳人足上的那双白袜，她耳朵上缀着的那对耳环。如今这一切都在哪里啊，只有桥上的栏杆依旧，可以在我身边与我作伴。

精品赏析

《庆宫春》又名《庆春宫》。此调有平韵、仄韵两体，平韵见周邦彦《片玉词》卷六，仄韵见王沂孙《碧山词》。这是一首写景纪游之词，也是伤逝、怀古、怀人的词。词人将多重主旨融成一片，意蕴丰厚，情感充足。俞陛云《唐五代两宋词选释》："起笔即秀逸而工，承以'盟鸥'三句，着笔轻灵。此下回首前游，凄然凝望，山压眉低，此中当有人在，故下阕言旧地重过，但佳人已去，酒醒波远，倚栏之惆怅可知。"

齐天乐

丙辰岁与张功父会饮张达可之堂，闻屋壁间蟋蟀有声，功父约予同赋，以授歌者。功父先成，词甚美。予徘徊茉莉花间，仰见秋月，顿起幽思，寻亦得此。蟋蟀，中都①呼为促织，善斗，好事者或以三二十万钱致一枚，镂象齿为楼观以贮之。

庾郎②先自吟愁赋。凄凄更闻私语。露湿铜铺，苔侵石井，都是曾听伊处。哀音似诉。正思妇无眠，起寻机杼。曲曲屏山，夜凉独自甚情绪。

西窗又吹暗雨。为谁频断续。相和砧杵③。候馆迎秋，离宫吊月，别有伤心无数。《豳》诗④漫与。笑篱落呼灯，世间儿女。写入琴丝，一声声更苦。

〔字词解释〕

①中都：指南宋都城临安（今杭州）。②庾郎：即庾信。③砧杵（zhēn chǔ）：捣衣用的器具。④《豳》诗：指《诗经·豳风·七月》诗，因诗内有"十月蟋蟀，入我床下"句。

译文

庆元二年，我和张功父在张达可的厅堂聚饮，当时听到隔壁的房间传来蟋蟀的叫声。功父词兴大发，约我一同写词，然后请人演唱。功父先写成一篇美文。我在茉莉花间引动文思，抬头望见秋月，顿时生出无限灵感，不一会儿也写成了这首词。京师中称蟋蟀叫促织，善于争斗。玩家有的花二三十万钱买一只，用象牙雕成楼台形的笼子来养它。

张君抢先做好了美妙的词章，这首词就像庾信的《愁赋》那样哀婉凄凉，那是蟋蟀在哀鸣吟唱。露水沾湿的铜铺外，长满苔藓的石井台旁，都可以听到蟋蟀鸣叫。那哀怨的声音如泣如诉，令思妇无比忧伤，只好半夜起来寻找机杼纺织。曲折的屏风上山峦重叠，秋夜正凉，独自一人何等凄伤？

好像又有风吹夜雨专门敲打西窗。谁知道蟋蟀是为了谁，断断续续地和着捣衣的声响。旅馆里的蟋蟀悲吟暮秋，离宫中的蟋蟀哀吊暗淡的月亮，更增加人的无限悲伤。《豳风·七月》中把蟋蟀写进诗章，而那些小孩们不知愁苦，捉弄蟋蟀来玩。有人把蟋蟀的哀鸣声写进琴曲，将人间的辛酸悲苦唱得一声比一声悲惨。

精品赏析

这是一首咏物词，词人歌咏的对象就是小序中提到的蟋蟀。词作先从听蟋蟀者写入，然后写蟋蟀声，然后以蟋蟀鸣声为线索，将诗人、思妇、客子、帝王、儿童等不同的人事精巧地联系在一起。以咏物之词表述家国之悲，通过写蟋蟀鸣声，寄托家国之恨。

琵琶仙

《吴都赋》云："户藏烟浦，家具画船。"惟吴兴为然。春游之盛，西湖未能过也。己酉岁，余与萧时父载酒南郭，感遇成歌。

双桨来时，有人似、旧曲桃根桃叶①。歌扇轻约飞花，蛾眉正奇绝。春渐远，汀洲自绿，更添了几声啼鴂。十里扬州，三生杜牧②，前事休说。

又还是、宫烛分烟，奈愁里、匆匆换时节。都把一襟芳思，与空阶榆荚。千万缕、藏鸦细柳③，为玉尊、起舞回雪④。想见西出阳关，故人初别⑤。

〔字词解释〕

①桃根桃叶：晋王献之有妾名桃叶，其妹名桃根。②三生杜牧：语本黄庭坚诗“春风十里卷珠帘，仿佛三生杜牧之。”③藏鸦细柳：语本韩翃诗“桥边雨洗藏鸦柳”。④雪：指柳絮。⑤“想见”二句：语本王维诗“西出阳关无故人”。阳关，今甘肃敦煌南。

译文

《吴都赋》说：“户藏烟浦，家具画船。”只有吴兴才有这样繁华的景物。吴兴春游的壮观场面，西湖也无法相比。己酉这一年，我和萧时父在城南处一边载酒一边划船，归来于是写下此词。

江面上一只小船双桨荡着水波划来，我忽然觉得，这船上的人似乎就是我昔日恋人。她正在用团扇轻轻地去迎接那些飞来飞去的杨花，她的眼神，真是楚楚动人。春天渐渐走远，沙洲颜色变得浓绿，而且悦耳的鸟鸣声此起彼伏。遥想当年，在繁华如锦的扬州路，我如杜牧年少时放荡寻欢。往事早已成烟，思念也无用处。

又一次到了寒食时节，宫廷中恐怕又在分烟。我心情此时充满惆怅，看见季节又做了更换。于是我把满腔幽怨付给榆荚，任它飞到空荡荡的石阶前。千丝万缕的细柳，里面乌鸦在此掩身，轻软的柳絮好像在为来去的客人飞舞回旋。回想起曾经外出远游，与伊人分别的情景，令人难忘。

精品赏析

这是一首怀人词。本词描写词人一次春游时偶遇和昔日恋人仪态相似的一名女子，并由此而引起对往日恋情的美好回忆。上片描写词人的这次奇遇以及当时的感受，下片写芳景虚逝的怨恨，感情真挚感人，是词人心境的真实写照。俞陛云《唐五代两宋词选释》：“此在客吴兴时感遇而作。首四句叙往事，‘春渐远’三句叙别后光阴，写愁中闻见，以疏秀之笔出之。下阕感节序而伤离。榆钱柳絮，皆借物怀人，便无滞相，其佳处在空灵。”

念奴娇

余客武陵，湖北宪治在焉。古城野水，乔木参天。余与二三友，日荡舟其间，薄荷花而饮，意象幽闲，不类人境。秋水且涸，荷叶出地寻丈，因列坐其下，上不见日，清风徐来，绿云自动。间于疏处，窥见游人画船，亦一乐也。朅来①吴兴，数得相羊②荷花中，又夜泛西湖，光景奇绝，故以此句写之。

闹红一舸，记来时，尝与鸳鸯为侣。三十六陂③人未到，水佩风裳④无数。翠叶吹凉，玉容销酒，更洒菰蒲⑤雨。嫣然摇动，冷香飞上诗句。

日暮。青盖亭亭，情人不见，争忍凌波去。只恐舞衣寒易落，愁入西风南浦。高柳垂阴，老鱼吹浪，留我花间住。田田⑥多少，几回沙际归路。

〔字词解释〕

①朅（què）来：来到。②相羊：徜徉。③陂（bēi）：池塘。④水佩风裳：指荷叶荷花。⑤菰（gū）蒲：水草。⑥田田：荷叶繁多状。

译文

我当时在武陵作客，湖北宪治正在这里。武陵古城外环绕着一片绿水，乔木长得高耸入天。我和两三个好友，天天在水中荡舟，在荷花旁开怀畅饮，这种幽雅的生活，简直像在仙境。秋水干枯的时候，荷叶亭亭玉立高出水面一丈左右，我们几个人就在荷叶下藏身列坐，荷叶挡着，我们看不见天日。清风徐徐吹来，荷叶如绿云般在水上浮动。偶尔在荷叶的疏散处，可以看见游人的画船，似乎也是一种快乐。在吴兴这里，曾经多次在荷花间游玩。也曾在夜晚泛舟西湖，风景妙绝，所以写下此词。

荷花丛中，我们荡船而行，记得这对鸳鸯在我们来时一路跟随与我们为伴。众多的水塘无声无息，均被风中起舞的荷花布满。翠叶中吹来阵阵凉风，荷花显出几分娇弱。菰蒲里又有细雨绵绵。荷花姿态美好，在风中轻摇仙姿，一阵冷香飘来引发了我的诗篇。

天色渐渐昏暮，荷叶张开臂膀宛如伞盖，亭亭玉立，似乎就像一位佳人，在没有见到心上人之前怎能忍心离去。我只担心天气一冷，荷叶会被吹落，被秋风吹入水中。高高的柳树垂下枝叶，老鱼吹起细细的水浪，像是在挽留我留下来。我也很难舍这荷叶田田的美景，多少次徘徊着不愿意离去。

精品赏析

这是一首游兴词，记叙了词人泛舟湖上、沉迷于湖中莲花的风景而不肯离去。俞陛云《唐五代两宋词选释》：“此调工于发端。‘闹红’四字，花与人皆在其中。以下三句咏荷及赏荷之人，皆从空际着想。‘翠叶’三句略点正面，接以‘嫣然’二句，诗意与花香俱摇漾于水烟渺霭之中。下阕怀人而兼惜花，低回不去，而留客赏荷者，托诸‘柳阴’‘鱼浪’，仍在空处落笔。通首如仙人行空，足不履地，宜叔夏读之‘神观飞越’也。”

宋词 长亭怨慢

予颇喜自制曲。初率意为长短句，然后协以律，故前后阕多不同。桓大司马云：“昔年种柳，依依汉南。今看摇落，凄怆江潭。树犹如此，人何以堪？”此语予深爱之。

渐吹尽，枝头香絮。是处人家，绿深门户。远浦萦回，暮帆零乱，向何许。阅人多矣，谁得似、长亭树。树若有情时，不会得、青青如此。

日暮。望高城不见，只见乱山无数。韦郎①

去也，怎忘得、玉环分付。第一是、早早归来，
怕红萼无人为主。算空有并刀②，难剪离愁千缕。

〔字词解释〕

①韦郎：据《云溪友议》载，韦皋少游江夏，住于姜使君之馆，遇玉箫，因而有情。后归，与玉箫约，少则五年，多则七年，便来迎娶。并留下玉指环为信物。到了第八年春天，玉箫叹曰：韦郎一别，已过七年，是不来了。于是绝食而死。②并（bīng）刀：刀名。并州产，以锋利著名。

译文

我非常喜欢自己作曲，一开始时就是信手写下长短句，之后再自我调整，搭配乐曲，所以前后片有时不一样。桓温大司马曾说："昔年种柳，依依汉南。今看摇落，凄怆江潭。树犹如此，人何以堪？"这几句话我异常偏爱。

枝头柳絮被春风渐渐吹尽，浓浓的绿荫深处，是处处人家。远处的江岸迂回曲折，黄昏时分，船帆少少的，也不知都到哪里去？我看过不少游子别离，可是谁也不像那长亭边的柳树那样。倘若柳树真懂得人间的离愁别苦，就不会年年青青如此。

天色转入昏暮，高高的城楼已隐约不见，眼前就是一片连绵纵横的层层乱山。我像韦郎一样离你而去，但你要记得，我把玉环留下给你作信物，分别时，你一再反复叮嘱，让我早早归来，知道你是害怕红花没人怜惜没人照顾。如今纵有锋利的剪刀，也无法剪断我心头丝丝缕缕的愁绪。

精品赏析

这是姜夔自度曲，其词前小序，已能说明原委。因词中有"谁得似、长亭树"句，故名。又名《长亭怨》。这首词借景抒情，以物写情，借咏柳回忆往日恋情。上片感慨春之杨柳，春已深深，又是一年柳阴浓厚，却不管长亭之外，离人黯然销魂，年年青青如此。下片描写词人和情侣离别的相思相恋之情，词人惜别之情，情人嘱望之意，一路写来，凄怆缠绵，含有无限幽怨。

扬州慢

淳熙丙申至日①，予过维扬②。夜雪初霁，荠麦③弥望。入其城，则四顾萧条，寒水自碧，暮色渐起，戍角④悲吟。予怀怆然，感慨今昔，因自度此曲。千岩老人以为有《黍离》之悲也⑤。

淮左⑥名都，竹西佳处，解鞍少驻初程。过春风十里，尽荠麦青青。自胡马窥江去后，废池乔木，犹厌言兵。渐黄昏，清角吹寒，都在空城。

杜郎俊⑦赏，算而今、重到须惊。纵豆蔻词工，青楼梦好，难赋深情。二十四桥⑧仍在，波心荡、冷月无声。念桥边红药⑨，年年知为谁生？

〔字词解释〕

①淳熙丙申：淳熙三年（1176）。至日：冬至。②维扬：即扬州。③荠麦：荠菜和麦子。④戍角：军中号角。⑤千岩老人：南宋诗人萧德藻，字东夫，自号千岩老人。《黍离》：《诗经·王风》篇名。“黍离”代指亡国之痛。⑥淮左：淮东。扬州是宋代淮南东路的首府，所以说“淮左名都”。⑦杜郎：杜牧。唐文宗时，杜牧在扬州任淮南节度使掌书记。⑧二十四桥：杜牧《寄扬州韩绰判官》诗：“二十四桥明月夜，玉人何处教吹箫。”⑨红药：芍药。

译文

淳熙年丙申月冬至这天，我路过扬州。昨夜大雪初晴，放眼望去荠草和麦子长势旺盛。进入扬州，眼前一片萧条，河水凄冷，天色渐晚，城中号角凄凉。我内心悲凉，感慨于扬州城的衰落破败，于是自创了这支曲子。千岩老人认为这首词唱出了《黍离》的悲凉。

扬州是淮东的大城市，我在竹西亭解鞍稍作停留。十里春风顺势而来，眼前不见昔日繁华景象，只是麦田青青，野草茂盛。自从金兵过长江侵扰江南，城池毁坏，伐去了乔木，至今人们还讨厌说起那场祸事。黄昏之后，凄凉的号角吹来了凄冷，这就是劫后的扬州城的样子。

杜牧有卓越的评鉴能力，如果今天重游此地必会大吃一惊。就算他还有“豆蔻”词语的精工描绘和诗意，恐怕也难有曾经的心境。二十四桥还在，可是桥下江中的波浪涤荡，月色凄冷无声。还有那桥边的红芍药，知不知道它年年为了谁开花繁盛！

精品赏析

这首词是一首即景感怀词，上片写景，下片抒怀。词人联系杜牧诗里描摹的扬州美景盛况，将当年楼阁参差、珠帘掩映的“春风十里扬州路”的繁盛与现在“尽荠麦青青”的残落相对比，昔日扬州的繁华和眼前惨遭战争蹂躏后的衰败比较，感慨今昔之变化，抒发作者心中的悲情，所以作者说，千岩老人以为这首词有“黍离”之悲。

刘克庄

刘克庄（1187 年—1269 年），字潜夫，号后村，蒲田（属福建）人。宋理宗时赐同进士出身，官龙图阁直学士，卒谥文定。他的词师学稼轩，豪放有致。

玉楼春·戏呈林节推乡兄①

年年跃马长安②市，客舍似家家似寄。青钱换酒日无何，红烛呼卢③宵不寐。

易挑锦妇机中字，难得玉人④心下事。男儿西北有神州，莫滴水西桥畔泪。

〔字词解释〕

①林节推乡兄：节推：官职名；乡兄：同乡。②长安：借指南宋都城临安。③呼卢：古代的一种赌博游戏。④玉人：形容貌美的女子。

译文

常年骑着高头大马在京城里往来奔驰，甚至把客舍当成了家，而家竟然变成了旅馆一样。每天拿钱买酒狂饮大醉，无所事事不知所以，晚上点着蜡烛掷骰赌博，彻夜沉迷于此不肯睡觉。

你应该明白这个道理，妻子的真情可以得到，而外边的女人却难以猜透。大好男儿应该志在收复失地，因为还有很多的疆土沉沦，男儿有泪不轻弹，不能为了红粉知己而轻易垂泪。

精品赏析

词人规劝自己的好友不要沉迷于声色玩乐中，应该忧国忧民，以收复失地为己任。表现了词人忧国忧民的情怀。作者的劝诫委婉含蓄，而“男儿西北有神州”一句，词人正告友人，大丈夫生当国家危难之秋，应以收复中原为己任。希望他振作起来，立志有一番作为，这才是男儿应该做的事。

长相思

朝有时，暮有时，潮水犹知日两回。人生长别离。

来有时，去有时，燕子犹知社后归[1]，君行无定期。

〔字词解释〕

①燕子犹知社后归：连燕子都知道春社之后从南方归来。

译文

大自然的朝暮都有定时，沿海的潮水还知道每天有早潮和晚潮两个来回。人生却总有长久的别离。

自然界中万物的来去都有定时，就是燕子都知道在春杜后从南方回来，你的行期却总是没有定时。

精品赏析

这首词是对远行在外的人的怨忧，是典型的闺怨词。词人选用白描手法，以潮水和燕子起兴，将潮水和燕子的有期和定时来旁衬别离的长久和远行人的归期无定给人的痛苦。

蒋捷

蒋捷（生卒年不详），字胜欲，号竹山，阳羡（今江苏宜兴）人，先世为宜兴巨族，咸淳十年（1274年）进士。宋亡后，因亡国之痛而隐居不仕，人称“竹山先生”，气节高亮，为时人所重。

宋词 一剪梅·舟过吴江

一片春愁待酒浇。江上舟摇，楼上帘招①。秋娘渡与泰娘桥②，风又飘飘，雨又萧萧。

何日归家洗客袍？银字笙调，心字香烧。流光容易把人抛，红了樱桃，绿了芭蕉。

〔字词解释〕

①帘：酒帘。②秋娘渡、泰娘桥：吴江以唐代著名歌女命名的两处地名。

译文

春愁满怀，我想用一壶美酒浇灭它。坐在船上，酒家的酒帘子随风飘摇，似乎在招揽客人前往。坐船过了秋娘渡与泰娘桥，虽是美景却没有心情欣赏，可是这风飘飘雨萧萧的凄凉，让人心恼。

到底哪一天才能回家？羁旅之苦太难熬，等到能和家人团聚的时候，调弄笙调，熏炉里点着心字形的熏香，和乐融融。时光容易流逝，让人追都追不上，樱桃才红熟，芭蕉又绿了，春走夏又到。

精品赏析

这首词表达了词人乘船漂泊在外的思乡之苦，以及倦懒思归的心情。

词人以“春愁”为主旨，归乡心切，同时感叹着时光易逝。而“流光容易把人抛，红了樱桃，绿了芭蕉”，把本来看不见摸见的形象。借植物颜色的转变，抒发了词人时光易逝的感叹，这句话也成为描写时光易逝的名句。

虞美人[1]·听雨

少年听雨歌楼上，红烛昏罗帐。壮年听雨客舟中，江阔云低，断雁[2]叫西风。

而今听雨僧庐下，鬓已星星也。悲欢离合总无情，一任阶前点滴到天明。

〔字词解释〕

①虞美人，词牌名。②断雁：与雁群失散的孤雁。③星星：指白发点点如星，形容人很苍老了，白发很多。

译文

少年时期，在歌楼上听雨，红烛照人，罗帐内人影轻盈光线昏红。人到中年，羁旅异地，在一艘小船上看雨，江面茫茫水天相接，西风中，离群孤雁阵阵哀鸣。

现在人已暮年，在僧庐下看细雨纷纷。两鬓已是白发苍苍。人生的悲欢离合总是无情的，就让台阶前的小雨滴滴答答下到天明吧。

精品赏析

三种人生经历，不同的人生状态。少年时，不识愁滋味，潇洒自如年少轻狂；中年时，开始尝尽悲喜离合的忧伤，颠沛流离历尽沧桑；老年时面容枯槁，看透人生的悲欢。

这首小令，简单概括出少年、壮年和晚年的特殊感受，言简意赅，意味深长。但字里行间还是浸透出词人满腹的心酸和感慨。

李好古

李好古（籍贯、事迹及生卒年均不详），南宋末年人。自称“江南客”，有《
锦词》传于后世。

宋词 谒金门

花过雨，又是一番红素①。燕子归来衔绣幕②，旧巢无觅处。

谁在玉楼歌舞③？谁在玉关辛苦④？若使胡尘⑤吹得去，东风侯万户。

〔字词解释〕

①红素：素：白色。这里指花的颜色红白相间。②衔绣幕：燕子衔泥穿行于帘幕间。③
华丽的楼宇。④玉关：玉门关，这里借指作战前线。⑤胡尘：指蒙古铁骑南侵的战争。
这里指蒙古族。尘：烟尘。

译文

花朵经过春雨的洗礼，落红飘落满地。燕子归来，衔着春泥不愿与
说话，因为往日的巢屋找不到，世间离乱难以说清。

有人在边塞辛劳征战，有人在玉楼中歌舞作乐。如果东风能将北方
铁骑引起的战尘轻松吹去，东风就可以封上万户侯了。

精品赏析

这首词是感时伤春词，词人通过对春景的描述，表达了对中原故土的怀
词人感伤国事，深深地为国家前途而忧虑。

上片写春天到来，而燕子找不到旧巢的情景，语意委婉曲折，诉出由
原沦陷，自己沦落他乡不能回去的悲苦。下片则是谴责腐朽的统治者沉迷
乐而不思进取，表达了自己渴望收复中原失地的急切心情。

四

阅读体验

一、语言品味

宋词一直以来就是以清新绮丽而著称的。宋词音律谐婉，语言圆润，表达出来的感情真实细腻，往往词作和音乐相协调，词成而曲成，宋词多是由年轻貌美的歌妓进行演唱，所以音律谐婉、清新低徘的语言风格更适宜表达男女恋情的酸甜苦乐，这种从语言中透出来的哀怨、凄婉也是尽显千古风流的人之本色。

长相思

林逋

吴山青，越山青。两岸青山相送迎，谁知离别情？

君泪盈，妾泪盈。罗带同心结未成，江头潮已平。

鹤冲天

柳永

黄金榜上，偶失龙头望。明代暂遗贤，如何向？未遂风云便，争不恣狂荡。何须论得丧？才子词人，自是白衣卿相。

烟花巷陌，依约丹青屏障。幸有意中人，堪寻访。且恁偎红翠，风流事，平生畅。青春都一饷。忍把浮名，换了浅斟低唱！

这两首词所写皆感情真挚细腻，语言清丽而满含深情，能够引起读者内心深处的共鸣，激发更多的联想，塑造出更加美好的意境。

此外语言豪迈雄壮的词也在宋词中占据重要地位，给宋词注入一种雄浑悲壮的色调，使宋词的语言风格更加丰富，卿卿我我变成了大江东去，杨柳岸也换成八千里路云和月，语言的变化也带动感情表达方式的变化，雄厚与凄婉相得益彰，一时双璧。

念奴娇·赤壁怀古

苏轼

大江东去，浪淘尽、千古风流人物。故垒西边，人道是、三国周郎赤壁。乱石穿空，惊涛拍岸，卷起千堆雪。江山如画，一时多少豪杰。

遥想公瑾当年，小乔初嫁了，雄姿英发。羽扇纶巾，谈笑间、樯橹灰飞烟灭。故国神游，多情应笑我，早生华发。人生如梦，一樽还酹江月。

南乡子·登京口北固亭有怀

辛弃疾

何处望神州？满眼风光北固楼。千古兴亡多少事？悠悠，不尽长江滚滚流。

年少万兜鍪，坐断东南战未休。天下英雄谁敌手？曹刘。生子当如孙仲谋。

二、情感体验

亡国之痛与家园之悲

公元1127年，金兵又来了。这一年是靖康二年，不久，都城开封被攻破。宋徽宗、宋钦宗并诸多宋室皇子、嫔妃、公主、大臣、工匠、倡优等被掳向北，北宋灭亡。这一事件就是史上有名的“靖康之变”。

靖康之变是中国历史的转折点，是宋词的转折点，也是很多词人命运的转折点。先前的悠然安乐的生活不见了，亡国之痛和家园之悲渐渐成为宋词创作的主旋律，而这些词作中，也蕴含着无尽的心酸和悲痛。

宋徽宗赵佶在被金兵俘虏押解北上的途中看见道旁的杏花，一时感慨而写下了一首词，这就是《宴山亭·北行见杏花》。作为一个亡国之君，他在这首词里面用杏花的凋零比喻自己悲惨的命运，婉转而绝望地倾诉内心的悲苦。后来王国维在评价这首词的时候，称之为“血书”。

“天遥地远，万水千山，知他故宫何处？”这几句词是讲徽宗叹息自己父子同时降为臣虏，与宗室臣僚三千余人被驱赶着向北走去，路途遥远，山水无数，在被押解途中所遭受的屈辱、磨难可想而知。回首南望，与汴京的故宫将是永诀。

“靖康耻，犹未雪。臣子恨，何时灭。”主辱臣死，北宋文臣在国破时为国殉难者不计其数。而那些没有死的人尚存希冀，他们在流亡南方时也会常常回头看一眼北边的故土，怀揣着亡国之痛，他们希望后任的君王可以振兴社稷，收复失地，但是换来的却是一次次的失望。陆游曾经慨叹道：“胡未灭，鬓先秋，泪空流。此生谁料，心在天山，身老沧洲。”国耻未除，乡愁难平，这些无奈和感慨愁白了多少英雄的长发，磨灭了多少男儿精忠报国的英魂！南宋词人的笔调开始激昂，但是激昂中却多了许多无奈和愤慨，不能为国雪耻，诚为恨也；不能回归故土、守祖宗庙堂，诚为恨也；不能杀敌报国，偏安东南，诚可恨也！多少人的一腔热血不能喷洒在北边战场，只能满怀忧愤吞吐在诗词中，对那些爱国心切、志在报国雪耻的仁人志士来说，实在太过残忍，而他们的亡国痛与家园思，因此而平添了一份难以平复的忧愤。

千古兴亡，都已经是历史陈迹。只有后人在阅读这段历史时，会一次次生出感叹，感慨他们的命运，感慨同样遭遇亡国之痛身世飘零的李清照曾经愤喊的那句话：“至今思项羽，不肯过江东！”

三、角色体验

思妇：孤独怀人，多愁善感，在等待丈夫或是情人归来的时间内对于春去秋来非常敏感，在多数婉约派词作中，孤独的女人总是在哀叹时间的无情，埋怨远方游子的音信难通，归期难定。但是也坚定了她们对爱情的忠贞和对美好未来的向往和憧憬之情。

少女：无忧无虑，青春烂漫，不知愁为何物。对爱情充满幻想，对未来也会有些许不安和一丝躁动，朦胧的爱情和美好的生活是她们生命的主要组成部分。

游人：离愁别绪是游人的不变的主题，游人的情绪既有对远离家乡和亲人、不能和所爱的人团聚的遗憾，也有对前程的忧虑。游人的在外生活从不缺乏愁思。相思之苦、年华易逝的感慨，时刻萦绕着游子的心头。当然，相聚时刻的欢喜，也是支撑他们的关键。

普通百姓：北宋时期百姓生活安乐，经济富足，宋室南渡后北方百姓饱受战乱之苦，被金人压榨，渴望南宋王朝收复失地，改变自己的命运；而南方百姓则被统治者苟安情绪感染，渐渐对收复失地、振兴社稷感到失望。

南宋统治者：南渡后，皇帝们苟安东南，不思进取，对金兵南下束手无策，沉迷于声色犬马中，对国家社稷的安危和百姓的疾苦不闻不问，忘却国耻，打压主战派，导致民心涣散，国家颓势难以挽回。

主战派：代表人物有陆游、辛弃疾、岳飞等。他们渴望当权者能矢志振作，奋发进取收复失地，在现实面前却又无能为力，他们痛恨入侵的外敌，满腔报国热情和一身才干无法施展，因此有时会变得消沉。

四、感悟作品

本书的最大成功之处就是作者在对宋词进行遴选时，没有因为自己是梦窗词的追随者而排斥其他词人，在选词过程中，朱孝臧将各个名家的词作进行细致整理，各种主要流派一应俱全，使得本书更加完备和精细。

宋词是继唐诗之后我国文学领域的另一座艺术高峰，几百年的时间里宋词艺术不断发展，形成自己的独特艺术风格。这些词作内容真实、情感真挚而浓厚，反映了当时人们的生活状况和精神面貌，是当时社会的真实反映。本书所选的宋词作品，都能真实再现当时的社会生活面貌，因此具备极其重要的美学价值和历史价值。

《宋词三百首》所选的宋词在艺术创作上比前代更有独创性。比如柳永大力创作慢词，并变“雅”为“俗”，将市井俚语引入诗文中，将市民生活情调引入词中，丰富词的表达内容，从而也使词更有生活情趣。如柳永的《定风波》：

定风波

自春来、惨绿愁红，芳心是事可可。日上花梢，莺穿柳带，犹压香衾卧。暖酥消、腻云亸、终日厌厌倦梳裹。无那。恨薄情一去，音书无个。

早知恁么，悔当初、不把雕鞍锁。向鸡窗，只与蛮笺象管，拘束教吟课。镇相随、莫抛躲，针线闲拈伴伊坐。和我，免使年少光阴虚过。

此外苏轼还将宋词的写作思路拓宽，进一步引导了宋词“雅化”，他的一些词作如《念奴娇》《江城子》等也证明了这一点。而清照论词很重视声律，所谓歌词分五音六律、清浊轻重，音节优美，并将词与诗分开，提高了词的文学地位和生活情趣。如李清照的《醉花阴》：

醉花阴

薄雾浓云愁永昼，瑞脑消金兽。佳节又重阳，玉枕纱厨，半夜凉初透。

东篱把酒黄昏后，有暗香盈袖。莫道不消魂，帘卷西风，人比黄花瘦。

这首词音节声律都有易安词自己的特色，音节优美，充满了生活情趣，因此李清照在宋词上的文学地位和文学成就是相当高的。

五、人生思考

人生怎样走向宽广？

宋代的文坛，代代都有文采高于同辈的文坛领袖，苏轼是继欧阳修之后又一位当之无愧的文坛领袖，他的成就甚至高于欧阳修。但是像苏轼这样的人生有过数段大起大落的文坛领袖，宋代历史上却并不多见。1056年，虚岁二十一的苏轼首次出川赴京，参加朝廷的科举考试。翌年，他参加了礼部的考试，他的《刑赏忠厚之至论》获得主考官欧阳修的赏识，自此在文坛崭露头角，开始向天下吞吐他的才气。但是因为他自身思想保守，不久就和新任宰相王安石政见不合，被迫离京。之后是杭州、密州、徐州、湖州等地，就算如此，他也是过得逍遥自在，不用过问庙堂之事，可是有人却不愿意放过这样一位自在的文人，终于在1079年，苏轼到任湖州还不到三个月的时候被告作诗讽刺新法，被捕入狱，史称“乌台诗案”。出狱后苏轼被贬黄州，而后年幼的哲宗即位，高太后听政，苏轼被召还朝。但是久远朝局的苏轼既不能容于新党，又不能见谅于旧党，于是再次漂泊，宁远、惠阳，更远的海南。徽宗即位后，调廉州安置、舒州团练副使、永州安置。1101年死于北归途中。

苏轼一生，颠沛流离，而他的思想境界反映在诗文里，也由初期的意气风发逐渐变为旷达疏淡，心境越加宽广。在黄州，他写了《前赤壁赋》《后赤壁赋》《记承天寺夜游》和《念奴娇·赤壁怀古》等千古名作，在城东的坡地上开垦种田，自号“东坡居士”。经历人生巨变，他的诗歌不再像从前那样挥洒自如、豪情万丈，而是愈加平和，开始和大自然融为一体，开始从生活中体会人生哲理。

定风波

三月七日，沙湖道中遇雨。雨具先去，同行皆狼狈，余独不觉。已而遂晴，故作此词。

莫听穿林打叶声。何妨吟啸且徐行。竹杖芒鞋轻胜马，谁怕？一蓑烟雨任平生。

料峭春风吹酒醒，微冷，山头斜照却相迎。回首向来萧瑟处。归去。也无风雨也无晴。

这首词写于苏轼被贬黄州第三年，这些年的宦海沉浮，苏东坡渐渐将先前自在狂放的心性收敛，物我两相和，逐渐达到了豁然恬淡之境。

他依旧深切关注百姓疾苦，但是更加尊崇道家文化并有了礼佛之心，他深受佛家的“平常心是道”的启发，不管遇到什么挫折都能保持一颗平常心，他的作品也渐渐变得质朴清淡，他的旷达胸怀让人吃惊，不管遇到什么困境他都能怡然自得。

他在儋州的时候，境况凄惨，衣食皆忧。他想活着回到中原，后来他千方百计找到了牡蛎，大呼味美，于是写信给三子苏过，嘱其“无令中朝大夫知，恐争谋南徙，以分此味”。这样的旷达，仍然能在苦中继续为乐，实属不易。很快，他在儋州站足脚跟，只要有酒有朋友，他还是一样过着自己的神仙日子。他努力学习当地方言，教化当地百姓，从海南送出了第一个进士。

王国维曾将苏轼和屈原、陶渊明、杜甫三位相提并论，并说“此四子者，若无文学之天才，其人格亦自足千古。故无高尚伟大之人格，而有高尚伟大之文章者，殆未有之也”。

据说东坡一日退朝后，食罢，扪腹徐行，他问身边的侍女们说：“汝辈且道是中有何物？”有人说：“都是文章。”苏东坡不以为然。还有一个侍婢说：“满腹都是见识。”苏东坡说不对，这时他的侍妾朝云就说：“学士一肚皮不入时宜。”他捧腹大笑。几十年的深沉荣辱，在他这里仅仅就是“不入时宜”四个字而已。

由此可见苏东坡的情怀宽广和旷达，他的平淡和旷达，是他能在逆境中不颓废不绝望的精神支柱。正是这些旷达的情怀，平淡的心志，让他的人生渐渐走向了宽广，走向人生不朽的圣殿。

五

阅读拓展

本书的阅读链接

图书

1

《人间词话》
作者：王国维
朝代：清末民初
类型：诗词评话

研究缩影

《人间词话》是中国近代极负盛名的一部词话著作。作者王国维既是传统文化的集大成者，也吸收了西方现代文学批评理论。在这本书中，他用传统的词话形式和传统的概念、术语和思维方式进行评述，同时采用了西方的观念和方法，观点新颖而独创，在中国近代文学批评史上影响重大。

2

《白雨斋词话》
编者：陈廷焯
朝代：清代
类型：诗词评话

研究缩影

《白雨斋词话》共8卷，690余则，在近代词话中篇幅很大，是诗词研究的重要参考资料。作者在著书时以“非好与古人为难，独成一家言，亦有所大不得已于中，为斯诣绵延一线”为宗旨，对当时文坛主张进行评述，提出自己的主张。

3

《楚辞》
编者：刘向
朝代：西汉
类型：诗集

研究缩影

西汉刘向将屈原、宋玉等人的作品编辑成集，命名为《楚辞》。不仅保留了屈原、宋玉等人的大量作品，也成为继《诗经》以后，又一部在我国文学史上具有深远影响的一部诗歌总集。

4

《乐府诗集》
编者：郭茂倩
朝代：宋代
类型：诗集

研究缩影

《乐府诗集》是我国古代乐府歌辞的著名诗歌总集，由宋代郭茂倩编纂而成。现存100卷，也是现存乐府歌辞最完备的一部。作者整理了汉魏到唐、五代的乐府歌辞和歌谣等，共5000多首传世作品。而且分门别类，每曲都有题解。具有很高的文学价值。

影像

1

《绝代双雄》
产地：新加坡
导演：李致明
编剧：马玉辉
主演：
林明哲、李文海、陈天文、郑宛玲、陈秀环

研究缩影

五代十国，南唐李煜阴差阳错成为了南唐国君，而后周的赵匡胤逐渐掌握了后周的统治权。改朝换代的风云将几个风云人物卷入一场场恩怨情仇中，温文儒雅的李煜，铁腕的赵匡义等栩栩如生的人物推动着故事情节一步步发展。

2

《李清照》
产地：中国香港
导演：李兆华
编剧：许文浩
主演：
刘雪华、何英伟、张碧儿、郑雷

研究缩影

本剧是1988年香港亚洲电视邀请刘雪华出演的一部电视剧，刘雪华主演一代女词人李清照。讲述了李清照和金石考古学者赵明诚结下良缘，婚后的生活美满幸福，但是靖康之难彻底改变了两人命运，李清照南渡后遭遇了种种灾祸，世事动乱，最终她孤独走完了一生。

3

《李清照》
产地：中国大陆
导演：曹其敬、韩林根
编剧：罗怀臻
主演：陶琪、华洁

研究缩影

少女李清照与年轻的学者赵明诚结缘，吟诗诵词，结为知音。婚后，夫妻志同道合，在诗词创作和《金石录》的编撰工作上相互帮助。好景不长，金人入侵中原，李清照经历了国亡家破、背井离乡等一系列的苦痛，人生的大不幸和社会的动荡背景相结合，将这位乱世女词人的高尚人格衬托得熠熠夺目，也引起了更多的人思考当时的时代悲剧。

4

《八千里路云和月》
产地：中国台湾
导演：宗华
编剧：宗华、欧君旦
主演：
何家劲、张振寰、金超群、范鸿轩、龙隆

研究缩影

宋徽宗二年，大宋江山内忧外患，盗贼群起，强敌威胁着北方，国力渐弱，而民族英雄岳飞这时降生了。而后靖康之变，金兵掳走二帝，赵构在南方称帝，号令天下有志之士共抗金兵，于是民族英雄岳飞横空出世，展开了波澜壮阔的一生……

本书的文化链接

思想家 1

康有为

康有为（1858 年 –1927 年），又名祖诒，字广厦，号长素，又号明夷、更甡、西樵山人、游存叟、天游化人，晚年别署天游化人，广东南海人，人称“康南海”，清光绪年间进士，近代著名政治家、思想家、社会改革家，领导了戊戌变法和保皇运动，著有《康子篇》《新学伪经考》等。

梁启超

梁启超（1873 年 –1929 年），字卓如，号任公、饮冰室主人等，中国近代史上著名的政治活动家、启蒙思想家、资产阶级宣传家、教育家、史学家和文学家。戊戌变法领袖之一。曾倡导文体改良的“诗界革命”和“小说界革命”。其著作合编为《饮冰室合集》。

章太炎

章太炎（1869 年 –1936 年），名炳麟，字枚叔，初名学乘。后改名绛，号太炎。中国浙江余杭人，清末民初民主革命家、思想家、中国近代著名国学大师、著名学者，著述甚丰，学名享誉海内外。

国学大师 2

王国维

王国维（1877年–1927年），字伯隅、静安，号观堂、永观，浙江海宁盐官镇人。我国近现代在文学、美学、史学、哲学、古文字、考古学等各方面成就卓著的学术巨人，国学大师。著有《人间词话》等。

陈寅恪

陈寅恪（1890年–1969年），江西义宁人，中国现代最负盛名的历史学家、古典文学研究家、语言学家。傅斯年对他进行这样的评价："陈先生的学问，近三百年来一人而已！"

傅斯年

傅斯年（1896年–1950年），字孟真，山东聊城人，祖籍江西永丰。历史学家，国立台湾大学校长。

本书的思想链接

词的类别

词最初称为“曲词”或“曲子词”，也叫长短句、琴趣、诗余等。词是一种音乐文学，它的产生、发展，以及创作、流传都与音乐有直接关系。宋人王灼《碧鸡漫志》卷一说：“盖隋以来，今之所谓曲子者渐兴，至唐稍盛。”词最初主要流行于民间，大约到中唐时期，诗人张志和、韦应物、白居易、刘禹锡等人开始写词，把这一文体引入了文坛。到晚唐五代时期，文人词有了很大的发展，晚唐词人温庭筠以及以他为代表的“花间派”词人、以李煜、冯延巳为代表的南唐词人的创作，都为词体的成熟和基本抒情风格的建立作出了重要贡献。进入宋代，词的创作逐步蔚为大观，产生了大批成就突出的词人，名篇佳作层出不穷，并出现了各种风格、流派。所以后人便把词看作是宋代最有代表性的文学，与唐代诗歌并列，而有了所谓“唐诗、宋词”的说法。

词形成于唐，发展于五代，兴盛于宋，是与诗并驾齐驱的重要文学体裁。将词进行划分，大致可以分为四种情况：

1. 按长短规模分，词大致可分小令（58 字以内）、中调（59—90 字以内）和长调（91 字以上，最长的词达 240 字）。小令在词的最初形成时期比较盛行，比如中唐的张志和写过一首《渔歌子》：

西塞山前白鹭飞，
桃花流水鳜鱼肥。
青箬笠，绿蓑衣，
斜风细雨不须归。

宋词中常见的中长调以柳永、周邦彦的最为著名，柳永的《雨霖铃》《迷神引》《浪淘沙慢》等都是非常著名的中长调词。一首词，有的只有一段，称为单调；有的分两段，称双调；有的分三段或四段，称三叠或四叠。在宋词的发展中，柳永的作用功不可没，他使宋词发展更为完备，并且做了许多分为三叠的长词，如《戚氏》《浪淘沙慢》等。

2. 按音乐性质分，词可分为令、引、慢、三台、序子 、法曲、大曲、缠令、诸宫调九种。

3. 按拍节分，常见也可划分为四种：令，也称小令，拍节较短的；引，以小令微而引长之的；近，以音调相近，从而引长的；慢，引而愈长的。小令和慢词是宋词的两大主要体式。著名的小令有《十六字令》《如梦令》《关河令》等。慢词的发展得益于柳永的大力推广，柳永大力创作慢词，从根本上改变了唐五代以来词坛上小令一统天下的格局，使慢词与小令两种体式平分秋色，齐头并进。

4. 按创作风格分，大致可以分为婉约派和豪放派。

此外，也有按照词牌名进行区分的，这一点将在后文详细描述。

词牌名

词最初起源于曲子词，属于一种音乐文学。包括宋词在内，词要和音乐搭配，所以在词的创作中词牌名就显得非常重要。有的词可以没有标题，但是必须有词牌名。

词牌，就是词的格式的名称。词的格式和律诗的格式截然不同：律诗只有四种格式，而词则总共有一千多个格式（这些格式称为词谱）。人们给它们进行命名，这些名字就是词牌。关于词牌的来源，大约有下面三种情况：

1. 本来是乐曲的名称。例如《菩萨蛮》，据说是由于唐代大中初年，女蛮国进贡，她们梳着高髻，戴着金冠，身上挂满珠宝，看起来就像菩萨一样。于是当时的教坊谱曲作成《菩萨蛮曲》，风行一时。《西江月》《风入松》《蝶恋花》《钗头凤》等，都是属于这一类的曲调。

2. 摘取一首词中的几个字作为词牌。比如《忆江南》本名《望江南》，又名《谢秋娘》。后来白居易有一首词，咏叹江南好，其中第一段就是这样写的：

江南好，风景旧曾谙。日出江花红胜火，春来江水绿如蓝。能不忆江南？

因为这首词很出名，所以，这个词牌又叫《忆江南》。《如梦令》原名《忆仙姿》，改名《如梦令》，这是因为后唐庄宗所写的《忆仙姿》中有“如梦，如梦，残月落花烟重”等句。

3. 本来就是词的题目。《踏歌词》咏的是舞蹈，《舞马词》咏的是舞马，《欸乃曲》咏的是泛舟，《渔歌子》咏的是打渔，《浪淘沙》咏的是浪淘沙，

《抛球乐》咏的是抛绣球，《更漏子》咏的是夜。这种情况是最普遍的。这种词牌也是词的题目，所以不用另外起题。

比较常用的词牌约 100 个，如《水调歌头》《念奴娇》《如梦令》《江梅引》《阳关引》《祝英台近》《木兰花慢》《雨霖铃慢》等。而有些词牌是由词人自己创作的，柳永是创用词牌词调最多的词人。他现存 213 首词，用了 133 种词调。而在宋代所用八百八十多个词牌中，有一百多个是柳永首创或首次使用。

一定的词牌反映着一定的声情。词的韵脚，是音乐上停顿的地方。一般不换韵。有的句句押，有的隔句押，还有的几句押。词也讲究平仄相压。而仄声又要分上、去、入。有的可以叠字。

图书在版编目（CIP）数据

宋词三百首 / (清) 朱孝臧编选；徐玲编. —北京：现代出版社, 2012.12（2019. 5重印）

ISBN 978-7-5143-0864-8

Ⅰ. ①宋… Ⅱ. ①朱… ②徐… Ⅲ. ①宋词–选集 Ⅳ. ①I222.844

中国版本图书馆CIP数据核字(2012)第271832号

作　　者	徐　玲
责任编辑	刘春荣
出版发行	现代出版社
地　　址	北京市安定门外安华里504号
邮政编码	100011
电　　话	(010) 64267325
传　　真	(010) 64245264
电子邮箱	xiandai@cnpitc.com.cn
网　　址	www.modernpress.com.cn
印　　刷	天津海德伟业印务有限公司
开　　本	700×1000　1/16
印　　张	13
版　　次	2012年12月第1版　2019年5月第2次印刷
书　　号	ISBN 978-7-5143-0864-8
定　　价	36.00元